# ときめき夜行バス

桜井真琴

*Makoto Sakurai*

イースト・プレス 悦文庫

目次

# ときめき夜行バス

# 第一章　傷心旅行のふたり

## 1

新潟（にいがた）から出発した夜行バスは、真っ暗な海に沿って走っていた。

祖堅秋人（そけんあきひと）は夜の日本海を眺めながら、あくびをした。

スマートフォンを見る。

二十二時五十分――。

(疲れたなあ。腹一杯だし。ちょっと早いけど寝ようかなあ)

またあくびが出た。

秋人は趣味のひとり旅で、新潟に一泊旅行に出かけていた。

先ほど「港寿司（みなとずし）」という回転寿司の店で、獲れたてのネタで握った寿司やら刺身をたっぷりと堪能してから、帰路についたのだ。

日本海の海の幸は何を食べても美味い。

三月の旬はノドグロやヒラメで、特にノドグロは「寒ムツ」と呼ばれて、冬から春先の時期は身がしまって絶品なのだ。

塩焼きに煮つけ、どれも旨くて食べすぎてしまい、満腹である。

それでいて、バスの揺れが心地いい。

だからやたらと眠いのである。

バスは海岸沿いの道から、大通りに入っていく。

夜行バスの始発地は新潟港近くのバスターミナルで、これから新潟駅を経由して、明日の朝六時に名古屋駅に着く。

そこから家までは、地下鉄で二十分だ。

（久しぶりの新潟だったな。子どもの頃にちょっといたから、二十年ぶりか）

新潟には小学生のとき、二年間だけ住んでいたことがある。

あまりよくは覚えていないのだが、楽しかった記憶は残っている。

そんな新潟に久しぶりに行こうと思ったのは、半年前、つき合っていた彼女にフラれたからで、傷心旅行には日本海が似合うと思っただけであった。

（あーあ。まだ女性不信が直んないなあ……）

秋人は大学時代にひどいフラれ方をした。

当時つき合った初めての彼女の裏切り行為から、どうも女性が苦手になって、二十八歳の今日まで女性とつき合っても長続きしなかった。

もちろん女性が嫌いなのではない。

むしろ大好きだ。

だけど、女性とつき合うことに対して臆病になっている。だから趣味はひとり旅なのだが、本当は彼女と行きたいというのが、本音であった。

夜行バスが駅のターミナルに入る。

客が列をなしているのが、窓から見えた。

土曜の夜だから四列シートの夜行バスはかなり混んでいる。今、隣の窓際は空いているが、どんな人が座るんだろう？

（美人だといいけどなあ）

と、期待してみても、今まで夜行バスで隣に美人が座ったことなんかない。

でも、あわい期待を胸に、乗りこむ人の列を眺めているときだ。

（おお？）

並んでいるひとりの女性の姿が目にとまり、秋人は窓ガラスに鼻先をくっつけるほど近づいて彼女を見た。

美人だった。

いや、美人なんてもんじゃなく、とんでもなくキレイだ。

まわりがモノクロなのに、彼女だけは桜色でやけに目立っている。

桜の色は彼女の着ていたVネックのニットの色だったのだが、パッと見、彼女自身がピンクのオーラに包まれているくらい輝いていた。

ベージュのコートを手に持ち、胸元の開いたVネックニットを着て、膝が見えるくらいの上品な丈のミニスカートを穿いている。

その横顔はあまりに清冽だった。

憂いを帯びた、寂しげな雰囲気が色っぽくてたまらない。

(あの人が、隣に座りますように!)

もちろんナンパできる甲斐性なんかない。

だが、あんな美しい女性と隣同士になんかなったら、ちらちらと見ているだけで目の保養である。

そんなときに、ふと声をかけられた。

「ねえ、あなた。ちょっといいかしら?」

「はい?」

横を見れば、貫禄のあるおばさんが通路に立って、隣の空席を見ていた。

（は、はずれだ……大はずれ……）

まあ、世の中がそんなにうまくいくわけがない。

秋人は苦笑いしつつ立ちあがり、おばさんを通そうとした。

そのときだった。

「三輪（みわ）さんっ、そっちちゃうで。後ろや後ろ」

別のおばさんが後席から、笑いながら手招きしている。

「私の席は向こうみたい。間違えてごめんなさいね」

おばさんは、どすどすと音を立てて、後ろの座席に移動していった。

（助かった……）

へなへなと力が抜けるように座席に座り直すと、ふわっと化粧の甘い匂いが鼻先に漂った。

どこからだろうかと見あげてみると、

（へっ？）

秋人の頭の上で、ピンクのニットに包まれた巨大なふたつのふくらみが、ぷるるんと揺れている。

女性が両手を挙げて、荷物棚に荷物を押しこんでいるのだ。

(で、でっか！　す、すげえ。おっぱいがロケットみたいに突き出してる)

巨大なふくらみに目を奪われているときだ。

彼女が下を見た。

目が合った。

(うわあっ。今見てた美人さんじゃないか！　ウ、ウソだろ？)

「私、そこの席なんです。すみません」

彼女が声をかけてくるも、まともに顔なんか見られなかった。

無言で脚を畳み、前席との距離を開ける。

すると、彼女は軽く頭を下げて秋人の前を横切っていく。

そのとき、彼女のスカートから伸びた太ももが、秋人の膝にさわっと軽く触れた。それだけで心臓が跳ねそうになる。

(ふ、触れちゃった……美人のお姉さんの太ももに)

ちらちらと横を見る。

近くで見ても、モデルのように美しい人だった。

ミドルレングスのふわっとした栗色のヘアに、びっくりするほど白くてほっそりした首があり、かなりの小顔である。

目はぱっちりとしていて、鼻筋も口元も上品だった。

憂いを帯びた表情から、しどけない色気を感じさせる。歳は少し上の感じがするが、人妻だろうか。

なんとも楚々とした大人の女性の魅力にあふれている。

横から見たら、桜色のニットに包まれた胸が大きく突き出ていた。ぴったりとしたニットなので、乳房の丸みが浮き出ている。

(お、おっぱいの形がわかっちゃうよ。全然垂れてなくて、釣り鐘型っていうんだっけ？)

座っているからミニスカートがズレあがって、つやつやしたストッキングに包まれていた太ももが見えている。意外に太ももはムチムチだ。

(こんな美しくて、プロポーション抜群な人とずっと一緒だなんて)

ここからは名古屋まで休憩以外はノンストップ。つまり六時間くらいはバスのシートに並んで座っていくのだ。

(あーあ、ここで声をかける度胸があったらな)

なんでもいいから、この美人から声をかけてくれないだろうか。

（あるわけないよなあ、そんな都合のいいこと）

バスで隣り合った美人と仲良くなるなんて、男なら誰でも夢見るシチュエーションだが、実際にはそんな出会いなど残念ながら聞いたことがない。

## 2

夜行バスは再び海岸沿いを走っていた。

駅から出発したばかりのときは、ひそひそと話し声がしたのだが、今はバスの走行音だけが聞こえている。

おそらく、もうすぐ車内灯も消えるだろう。

スマホを脇に置いて、小さく息をつく。

シートは前後にゆとりがあるし、フットレストもある。だけど隣に美女が座っているから、靴を脱ぐのはためらわれる。

（足の臭いとかしたら、やだもんなあ）

ちらりと横を見る。

彼女はカーテンを半分くらい開けて、窓の外を見ていた。

（あれ？）

窓に反射して映る彼女が、小さく嗚咽しながら肩を震わせていた。

間違いない。

泣いているのだ。

（え？　な、何があった？）

色恋沙汰か、それとも大切な人が亡くなったとか。

そのへんはまるでわからない。

ひとつわかるのは、泣いているからといって「どうかしましたか？」と訊くなんて、自分には絶対にできないことくらいである。

気になるが、放っておくしかないと思っていた矢先に奇跡が起こった。

「あの、すみません」

突然、泣きはらした目をした彼女がこちらを向き、話しかけてきた。

「は、はい？」

声が裏返る。

落ち着け、普通にしていようと思うのに、汗がどっと噴き出てくる。

彼女はグスッと鼻をすすりつつ、恥ずかしそうに尋ねてきた。

「このスマホ、電源の切り方、ご存じですか？」

「は？」

彼女がスマホを渡してきた。

ちょうど同じメーカーのものだから、これならわかる。

横にあるボタンを長めに押せば電源が切れる。やってあげて、ブラックアウトしたスマホを彼女に戻した。

「横のボタンを長押しするんです。電源入れるときも同じです」

「そうなんですね。今まで電源を落としたことがなくて。画面が固まってしまったので一回電源切ったほうがいいかなって。ありがとうございます」

頭を下げてから、彼女はまた電源を入れた。

（これは、チャンスだ……）

これほどの美人が話しかけてくれるなんて、おそらく二度とない。

秋人は、ありったけの勇気を振りしぼって声をかけた。

「あ、あの……画面が固まるってことは、アプリがたくさん立ちあがっているのかも」

目を赤くした彼女がこっちを見た。

「え？　そうなの？」

彼女がまた、スマホの画面を見せてきた。

今度はさらに身を寄せてくる。

艶髪から、リンスの甘い匂いが漂ってくる。

さらに彼女の肌から化粧の甘い匂いがして、秋人はもうそれだけでたまらない気持ちになる。

「こ、これはですね……」

ガチガチに緊張しながら説明しつつ、ちらっと彼女を見た。

（ち、近い……顔が近いよっ）

ドキッとした。

目線を上げると彼女の顔が目の前にあった。

憂いのある目元に、すっと通った鼻筋、それに柔らかそうで濡れた唇。

清楚な雰囲気なのに、しどけない色気を感じる。

もろに好みだった。

緊張しつつも、使わなそうなアプリを閉じてやると、

「すごーい」

と、目を丸くして感動してくれる。

（年上っぽいのに、可愛いなあ）

スマホに詳しくてよかった。

彼女のスマホをいじっていると、ふいに写真が見えてしまった。

「ぽんしゅ館だ」

ついつい口にしてしまって、秋人はしまったと思った。

彼女の写真など見るつもりはなかったのだが、自分も巡った場所が写っていたから思わず、だ。

「ご存じなんですか？」

彼女はいやな顔もせず、うれしそうに訊いてきた。

「あっ、はい。今回これが目当てで旅行に来たんです」

ぽんしゅ館はたくさんの日本酒が飲める、日本酒好きにはたまらない穴場スポットだ。

「私もこれ目当てなの。私、日本酒が大好きで」

「僕もですっ。ぽんしゅ館は、僕の子どもの頃からあって……」

「えっ」

彼女が驚いた顔をした。

「あのへん、地元なんですか？　私も祖父母の家が……」

「えっ？」

今度はこちらが驚いた。

お互いが顔を見合わせて、あれ、という顔をする。

「僕、名古屋に引っ越す前は二年間だけ新潟にいたんです。K澤小学校。もう二十年近く前ですけど」

「わ、私も……同じ時期に、K澤小学校に通ってた……」

呆然（ぼうぜん）とした。

なんという奇遇だろう。

彼女も同郷とわかったからなのか、緊張がほぐれて破顔していく。

彼女は立花梨紗子（たちばなりさこ）と名乗った。

自分よりふたつ上の三十歳。どうして年齢まで教えてくれたかというと、ふたりともがK澤小学校の名物先生を知っていたからだ。

「ものさしでヒュンヒュン叩いて。今だったら、大問題ですよね」

「そうそう。すごく怖い先生だったわ」

秋人が通っていたとき、彼女はもう中学生だったようだ。

だけど気持ち的には、子ども時代を一緒に過ごした感覚だ。

彼女も同じような気持ちになったようで、その証拠に、

「ねえ、この写真、懐かしいでしょ？　私たちのときってK澤小学校は木造の校舎だったのよね」

と、昔撮ったという校舎の写真をスマホで見せながら、親しそうに身を寄せてきた。

ニット越しのたわわなふくらみが、右腕に押しつけられている。

（お、おっぱいが！　……や、柔らかっ）

しかもだ。

同時に太ももやヒップも、ぴたりとくっついていた。

（なんて無防備な。ああ、気を許してくれたんだな）

こんな奇跡があっていいのだろうか。

バスで隣り合わせた美女と同郷だったなんて。

「じゃあ、立花さんは、ひとりでおじいちゃん、おばあちゃんの家に？」

訊くと、彼女は顔を曇らせた。

「……うん。ホントはね。彼と一緒に来る予定だったの。だけどケンカしちゃって……」

ぽつりと言う。

そうか彼氏がいるのか。当たり前だよなと、がっかりする。

「残念ですね。で、ひとりで来たんですね」

「そうよ。うん……でもね、もういいの。そのことは……」

彼女の顔が暗く沈んでいく。

やはり先ほど泣いていたのは、彼氏とのことだったのか？　祖父母の家ってことは結婚の挨拶だったかもしれない。そんなときにケンカ別れはつらいだろう。

「あの、僕も……」

「え？」

「僕も彼女と一緒にと思ったんですよね。でもフラれて」

「……私もフラれたのかな。寂しいもの同士ね、私たち」

彼女は微笑んでくれた。

（さ、寂しいもの同士か、そんなこと言ってくれるなんて……）

意気投合ってやつではないか？

ここまでくれば、連絡先を尋ねてもいいんじゃないか？　でも寂しさにつけ込んでいると思われたら、いやだなあ。

葛藤しているうち「深夜になるので、明りを消します」と車内アナウンスがあり、ふっと車内は薄暗くなった。

暗くなると、会話しているのもよくないように思えた。

「そろそろ休みましょうか」

梨紗子からそう言われたら、同意せざるを得なかった。

3

（せめて連絡先でも、尋ねておけばよかったなあ……）

うつらうつらしながら、秋人は後悔していた。

彼女はぐっすりと眠っている。

朝になって彼女が起きたときは、他人行儀に戻ってしまうかもしれない。

だったら先手を打って、先ほど会話が盛りあがったときに訊いておくべきだった。

（こういう奥手なところが、フラれる原因なんだろうな。ん？）

左肩に重さがかかって、ハッとなる。

見れば梨紗子がしなだれかかってきて、すうすうと可愛らしい寝息を立てていた。

（寝顔が可愛いっ）

なんというラッキーか。

自分の肩でいいなら、好きなように使ってほしい。いや、なんならこのままずっと名古屋まで貸し出しＯＫだ。

（まわりから見たら恋人同士に見えるよな、きっと）

思わずニタニタしながら、彼女の髪の匂いを嗅いだ。

リンスかシャンプーの甘い香りが漂ってくる。

自分も寝たふりをして、彼女に寄りかかってしまおうかと、だめなことを考えてしまう。

「う、ううん……」

梨紗子が寝言のような声を漏らし、安心しきったように身体（からだ）を寄せてくる。

（あっ！）

左の肘に、ふにょとした柔らかなものが押しつけられている。

ニット越しのおっぱいだ。間違いないっ。

(ぜ、全集中！　エロの呼吸だ。左腕に全神経を集めるんだっ)

柔らかくて、だけどずっしりと重いふくらみだった。

(ああ……久しぶりのおっぱいの感触だ……)

半年前につき合った彼女とはセックスをしていないから、おっぱいも触っていない。

(いったいいつぶりの、女性のおっぱいだろう)

寝顔を見る。

愛らしい寝息を立てている。

隣の男に乳房を押しつけるようにして寝てしまうなんて、もうそれは恋人ぐらいの気の許しようではないか？

と、思いつつ、ふいに梨紗子の下半身を見た。

(うおっ)

膝上のミニスカートはきわどいところまでまくれており、むっちりした太ももが半ば近くまで覗いている。

しかもだ。

わずかに左右の膝が離れており、内ももまで覗けてしまっている。

もう少しだけスカートをまくれば、下着が見えそうだ。

(ば、ばかなことを考えるな)

痴漢じみた考えを自制するのだが、しかし、呼吸に合わせて上下しているおっぱいの感触を楽しんでいると、ますます淫らな気持ちが湧きあがってくる。

そうだ。

このおっぱいと同じように、ハプニングにすればいいんだ。

自分の膝の上に置いた左手を、ちょっとだけずらしてみた。小指がパンスト越しの太ももに触れた。

「う……んっ……」

梨紗子が呻(うめ)いて、顔を秋人の肩にこすってきた。

甘えるような可愛い仕草に、秋人の淫靡(いんび)な気持ちはますます高まっていく。

(も、もうちょっとだけ……)

秋人はさらに大胆に、小指で梨紗子の太ももを撫でた。

そのときだ。

バスが大きく揺れた。
その拍子に、思わず梨紗子の太ももをつかんでしまった。
（わわわっ！）
ハッとしてすぐに腕を引っこめる。
まずい。まずすぎる。
全身から汗が出た。
ドキドキしながら彼女を見る。
しかし彼女は気がつかずに、すうすうと可愛い寝息を立てたままだ。
（あれ、気づかなかった？）
結構強く太ももをつかんでしまったのだが……でもバレなくてよかった。
ほっとして、左手をまた自分の膝に置いたときだった。
（えっ……？）
彼女が左手をつかんできた。
驚いて梨紗子を見る。
彼女は眠ったままだ。目を閉じている。
だが、秋人の左手の上に右手を被せてきていた。

（な、なんで？　どうして僕の手を握ってくるんだろう。寝ぼけてるのか？）

寝ぼけているにしては、つかんでくる手の力が強い。

意図はわからないが、手を握られるのはかなりうれしい。

だったらこのままでいよう。

そう思っていたときだ。

梨紗子が目を閉じたまま、横に置いてあったブランケットをふたりの膝にかけてきた。

（え？）

何が起こったのかわからずいると、彼女がすっと顔を秋人の耳に寄せてきた。

4

「……エッチ」

耳元で小さく声が聞こえた。

ねっとりした甘いささやき声だ。

ハッとして梨紗子を見るも、彼女は目を閉じたままだ。

（エッチってはっきり言われたぞ。やっぱり梨紗子さん、起きてるんだ。太ももをつかんだのがバレて……ど、どうしよう）

息を呑み、まわりの様子をうかがおうと梨紗子から目を離したときだ。

「いいわ……触りたいんでしょう？　ねえ、指でして……」

耳元で、今度はとんでもないことをささやかれた。

でも、彼女は眠ったままだ。

（い、今、指でしてって言ったよなっ！　間違いないよな。ど、どうして？）

ええい。

罠であっても、もうとまらない、と覚悟を決めた。

秋人はブランケットの下で手を動かし、梨紗子の太もものあわいに左手をすべりこませた。

心臓がとまりそうだ。

バクバクしながら、左手で内ももをおずおずと撫でさすり、なめらかなパンスト越しの太ももの感触を味わった。

「ん……う……」

梨紗子が小さく声を漏らし、秋人の左手をギュッとつかんでくる。

横目でそっと梨紗子を見た。

美しい彼女の首筋が赤く染まり、身体が震えて息づかいを乱しはじめている。

眉間に悩ましい縦ジワを刻み、

「あっ……あっ……」

と、甘くて色っぽい、うわずった声を漏らしているのだ。

勃起した。

と、同時に、全身の毛穴が開くほどのスリルを感じてしまっていた。

ここは夜行バスの中で、前後左右にも乗客がいる。その中で隣の、しかもこんな美人のスカートの中に手を入れてイタズラしているのだ。

もう頭の中が痺れきっていた。

秋人は興奮しながら、自分でも驚くほど大胆に梨紗子のスカートの中に左手を潜らせていく。

「んん……」

彼女は目をつむったまま、ピクッと肩を震わせた。

熱気がこもったミニスカートの中で、パンティストッキング越しに、なんとも柔らかな感触があった。

（おおう！　お、おま×こだ。今僕は、美人の下着越しのおま×こに触れているっ）

カッカしながら梨紗子を見た。

目をつむりつつも、眉をハの字にした色っぽい表情で、秋人の左手にギュッとしがみついてきていた。

だが、よからぬことをする手を拒むようなことはない。

（い、いいんですね。指でしますよ。今度はもっと触っちゃいますよ）

興奮しながら、秋人は人差し指と中指をパンスト越しの股間に密着させ、クロッチの上から静かに押さえこんでいくと、

「ん……んん」

梨紗子がしどけない声を漏らして、腰を揺らめかせる。

（うおっ、か、感じてるっ）

イタズラされて、美女は感じている。

秋人は猛然と昂ぶりつつ、さらに二本の指で、すりっ、すりっ、とクロッチの柔らかな部分をなぞっていく。

「んっ……」

こらえきれない、というように梨紗子は震えながら秋人の肩に顔を埋め、さらに左腕をつかむ手に力をこめてくる。

(ああ、こんなにも感じてるなんて……罠じゃない。男の指で感じたいんだ。いやらしい人なんだ)

そうとわかれば、もうとまらなかった。

下手くそでも、愛撫の知識くらいはなんとかある。

秋人は人差し指と中指をクロッチの上に置き、力をこめて、ぐにゅりと沈みこませると、

「あっ……」

梨紗子がついに歯列をほどき、感じた声を漏らした。

見れば、まだ目をつむったままである。だけど耳まで真っ赤で、息づかいはAV女優のように、ハアハアと色っぽい。

秋人はさらに指に力をこめる。

パンストとパンティの上から、恥部をしつこくこすりあげた。

柔らかい秘部の肉が湿り気を帯びて、ぐにゅ、ぐにゅぅっ、と指先にまとわりついてくる。

ハッとした。

（こ、これ……濡れてきてるんじゃないか？）

昂ぶった。猛烈に昂ぶった。

秋人の股間はもう、ブランケットが盛りあがるほどに、硬くなっている。

耳鳴りがする。

脈が速くなる。

夜行バスの中だというのに、もう手をとめられなくなってきた。

（濡れてるんだから、い、いいんだよな。もっと触ってほしいんだよなっ）

自分自身を奮い立たせ、秋人はいよいよスカートの上端から、パンティの内側に直接、指を忍びこませていく。

「んっ！　くっ……」

梨紗子がビクッと震えて、漏れ出そうになった声を嚙み殺した。

秋人の左手をギュッとつかんだ手は、今までとは違い、パンティへの指の侵入を拒んでいるようだ。

「……アンッ、だめ……」

小さい声で言い、梨紗子が顔を振った。

（さすがに下着に手を入れるのはまずかったかな）

秋人はちょっと躊躇するも、ここまできたらとさらにパンティの奥へ指を侵入させていく。

すると、

「……いやっ」

彼女が小さく悲鳴を漏らして、顔をそむけた。

そこで、彼女がいやがった意味がわかった。

信じられないことに繊毛の下の亀裂が、驚くほどぬるぬるとぬかるんでいたのだ。

（だめって言ったのは、濡れているのを知られたくなかったからか……）

もう一度、肩に寄りかかる彼女を見た。

恥ずかしそうに顔を隠している。

だけど、もし本当にいやなら脚を閉じたり、手をつねったり、何かしら抵抗してくるだろう。

だけど、梨紗子の脚は開いたままだ。

（いいんだ。続けていいんだね）

震える指で直に濡れた女の園をこすると、ぬめった愛液が指先にまとわりついてくるのを感じる。

さらに狭間を上下に撫でると、

「くっ……！」

と、梨紗子はさらに強く左腕にしがみついてくる。

見ればブランケットを被せて隠した梨紗子の腰が、微妙に揺れていた。

濡らしているのがバレて、恥ずかしい思いをしているはずなのに、それでもさらなる快楽を欲しがっている。

（エ、エロいな……清楚な雰囲気なのに……）

美人にはこういう性癖の人もいるんだと驚きつつも、秋人はぬるぬるした柔らかい溝をさすっていく。

「あっ……あっ……」

梨紗子の喘ぎ声は次第に甲高いものになり、彼女はそれを恥じるようにいっそうこちらの肩に顔を強く押しつけてくる。

指を動かしていると、上方に小さな突起があった。

クリトリスだとわかり、それをソフトに指で撫でると、

「くうっ……！」

彼女は小さく呻いて、腰を激しく動かした。

やはりここが感じるんだと、クリトリスをさらに指でなぞると、

「あぅぅっ……」

と、梨紗子はいっそう悩ましい声を漏らし、おっぱいをくっつけるように身体を寄せてくる。

もっと感じさせたい。感じさせてみたい。

もうおかしくなっていた。

息を呑み、思いきってスリットの奥の小さな穴に指をグッと押しこんだ。

「あンっ……んんッ……ううん、ふぅん」

いきなりで、こらえられなかったのか。

梨紗子が他の人に届くくらいのよがり声を漏らしたので、秋人は慌てた。

(やばいっ！)

まわりを見渡したが、幸いなことに乗客の誰もこちらを見てはいかなかった。

いや、気づいている乗客もいるかもしれない。

だけどもう、それでもよかった。

注意をされても、彼女が同意してると言ってくれるだろう。

(それくらい乱れているもんな。きっと大丈夫だ)

秋人は嵌まった指をさらに押しこんだ。

ぐっしょり濡れた女の膣内の奥にまで、指がぬるっと入っていく。

「ふううっ……」

指を入れられた梨紗子は、必死で唇を噛みしめつつ、眉をハの字にして全身を震わせている。

(ああ、これほど感じてくれるなんて。僕なんか下手くそなのに)

久しぶりに味わう女の坩堝はたまらなかった。

膣中は熱く、ぐちゃぐちゃにとろけていて、優しく指を締めつけてくる。

奥がドクドクと鼓動しているのが、指腹を通じて伝わってくる。彼女の子宮が刺激を欲しがって疼いているのだ。

(これほどの美人が、欲しがってるなんて……)

秋人は興奮しながら、いよいよ指を出し入れした。

すると梨紗子は「くっ……くっ……」と何度も漏れ出す声を噛み殺しながら、下腹部をすり寄せてきた。

いつのまにか秋人を見つめる泣き濡れた目はとろんとして、

「もっといじって」

と、語ってきている。

（よ、よし。いじってほしいなら、もっと激しく……）

ブランケットの中で、秋人は指を目一杯伸ばし、梨紗子のざらついた天井まで指を届かせる。

そこをこすると、ぬちゃ、ぬちゃという音がひどくなり、強い牝の匂いが鼻先に漂ってくる。

ブルーチーズみたいな発酵臭だった。

（ああ、すごいぞ……こんなに、いっぱい濡らして……）

夜行バスの中はふたりだけの世界だった。

秋人が奥のふくらみを引っかくと、今まで以上に梨紗子の震えがひどくなってきた。

もう左手をつかむ指は、爪が食いこむほど強くなっている。

ググッと奥まで指を入れた。

そのときだった。

「んんっ……だ、だめっ！」

梨紗子が全力でしがみついてきた。

だめと言われても、指をとめることができない。

秋人は興奮しきったまま、ねちゃ、ねちゃ、と音を立てて激しく手マンする。

すると、梨紗子はしがみつきながら、腰をガクンガクンと大きくうねらせた。

合わせて膣肉が痙攣しながら指を強く締めつけてくる。

（え？　な、なんだ？）

その様子を見てハッと思い出していた。

ＡＶのときに見た光景だ。

女優がイッたときに、こんなふうに腰を前後にくねらせていた。

って、ことは……。

（り、梨紗子さん、もしかして、イッたのか？　僕の指で……しかもバスの中でなんて……ウソだろ……）

彼女は脱力しきっていた。

間違いない。

指でイタズラされて、アクメしたのだ。

ジーンとした感動が襲ってきた。

女性をイカせるなんて、初めての経験だ。

戸惑いつつ、パンティから指を抜くと、どろどろした蜂蜜のような愛液が、指の根元までまとわりついていた。

秋人は、左手にしがみついている梨紗子を見つめた。

ぐったりして、肩でハアハアと息をしている彼女にいっそうの愛おしさを感じた。

と同時に「だめ」と言われても、無理矢理に続けた罪悪感も襲ってきた。

(怒ってるかな……)

彼女はうつむいていたが、やがて真っ赤な顔で睨みつけてきた。

(ひいいっ、やっぱり。ど、どうしよう)

彼女は手招きしてきた。

(やりすぎたかな……痴漢だとか言われたら、どうしよう……)

恐るおそる顔を寄せたときだった。

彼女の柔らかな唇が秋人の口を塞いでいた。

えっ、と思った瞬間には彼女の唇は離れ、次の瞬間、もう何事もなかったように秋人の肩に頭を乗せて、目をつむるのだった。

# 第二章　濡れ香る美熟女の秘唇

## 1

（い、いい、いいのか……いいんだよな……）

秋人は名古屋駅近くのラブホテルに梨紗子と入り、ガチガチに歯が浮くほど緊張しまくっていた。

早朝、夜行バスが名古屋駅に着いたときだ。

連絡先を訊いた秋人は、バスを降りても、もじもじしている梨紗子に思いきって声をかけた。

「あ、あのっ、ちょっとだけ休みませんか。長い間乗っていたから身体痛いし」

必死だったため、よくわからない台詞を口にしていた。

もちろん彼女は困った顔をしていた。

だが、バスの中でアクメして、おそらく身体の中で火種がくすぶっていたのだろう。

まさか、という思いだが、そんな稚拙(ちせつ)な誘いでも、彼女はＯＫしてくれたのだ。

ホテルのロビーのパネルで選んだ部屋に入る。

部屋は広く、ダブルベッドが部屋の中央にあった。

(きちゃったよ、美人とラブホに……ナンパしたみたいなもんだよな)

席が隣り合っただけだ。

それがまさか、これほどのうれしすぎる展開が待っていたとは。

胸の高鳴りが抑えられない。

(彼女はケンカしてるとはいえ、彼がいるはずなのに……いや、彼とケンカしてるからこそ誘いに乗ってきたのかな)

上着を脱いでベッドに座る。

彼女もコートを脱ぎ、それを手に待って座っている。

桜色のニットとミニスカート姿が、清楚で可憐(かれん)な美しさを秘めている。

(この美人を、僕が手マンでイカせたんだよな……)

どうもニタニタしてしまう。

それにしてもだ。

バスの中では挑発的に迫ってきていた梨紗子だったが、いざホテルの部屋に入ってからは落ち着かない様子だった。

初めて会った男と、その日にベッドインなどするような、軽い女ではないという気品を漂わせている。

だけど、ひどく寂しい様もうかがえる。

その葛藤が、彼女の落ち着きのなさに表れているようだった。

（だ、だけど……）

ちらりと彼女を見た。ワンピースを盛りあげる乳房の豊かさと、ミニスカから覗く太もものほどよい肉づきのよさに秋人の股間は漲っていく。

（ううう……手マンだけじゃなくて、エッチしたいっ）

どうにかしたいと、とにかく口を開いた。

「あ、あの……痛いですよね、身体。もう少しリクライニングする椅子だとよかったのになあ、あのバス」

口説くことなんてできないから、ついつい世間話をしてしまう。

「そうね。たしかに」

彼女はぎこちない笑みを見せてくる。

ああ、これじゃだめだ、と秋人は思った。

せっかく距離を縮めてホテルまで来たのに、何もせずに終わりそうだ。

秋人はダメ元で、彼女の肩を抱き寄せた。

梨紗子は一瞬ビクッとしてから、戸惑うように視線を外した。

「ぼ、僕、その、こんなことばかりしてるわけじゃないですから」

「でも触ってきたのはびっくりしたわ」

言われて、あたふたした。

「えっ、あ、あれは、あれは……」

言い訳が思い浮かばずに顔を赤くしていると、彼女はクスッと笑ってくれた。

「私がきっと、寂しそうにしていたからよね」

その言葉には、ちょっと棘(とげ)があった。

「す、すみません。でも、寂しさにつけこんだわけじゃないんです」

「咎(とが)めてはいないわよ。私もその……恥ずかしいけど、あんなふうになっちゃったわけだし、だけど……」

ここにきて、彼氏に悪いと思っているのだろうか。

でもだめだ、このまま帰したくない。

「あ、あのっ」

勇気を出して梨紗子を抱きしめた。抱きしめたまま、ベッドの上で夢中になって彼女に覆(おお)い被さり、思いきって唇を塞いだ。

「……ぅんんっ」

梨紗子はわずかに声を漏らし、身体を強張らせている。

(ここまできたんだから、いけるはずだ)

寝取りたい、なんて大それたことは思わない。

だけど、今だけ自分のものにしたかった。

彼女のほっそりした肉体をギュッと抱きしめつつ、唇の角度を変えながら何度もキスをする。

「んんっ……んふっ……」

甘い呼気と、ぷるんとした唇の感触がたまらなかった。

ただ唇を押しつけているだけで、夢見心地で脳みそがとろけそうだ。奥手だった自分とは思えない強引さだった。

(やればできるじゃないか)

相手がキレイすぎて、現実のものとは思えないのが功を奏している。

いわば開き直りってヤツだ。

拒まれたらそれでいいやという気持ちで、さらに舌を伸ばして梨紗子の唇をこじあけようとする。

「ンンっ、だめっ……私は、ンンっ」

恋人がいるとは言わせたくなかった。

無理矢理に強く抱きしめて、舌を差し入れる。

「んんぅ……」

腕の中で梨紗子が藻掻き、押し返してこようとする。だけど、やめるつもりはない。欲望にまかせて口の中の頬粘膜や歯茎も舐めていく。

(くうう、甘いっ……女の人のツバって、こんなに甘いんだっけ?)

これほど甘美な口づけは初めてだった。

昂ぶりつつ、荒々しく彼女の口の中を舌でまさぐっていくと、いよいよ梨紗子の身体の力が抜けていき、ひかえめに舌を動かしてくる。

(ああ……梨紗子さんから舌を動かしてきた)

抵抗する気がなくなったのは、単なる諦めなのか。

それともケンカした彼のことを忘れて楽しみたいと思ったのか。

わからないが、美しい彼女を奪うという興奮に秋人は打ち震えていた。

梨紗子と舌をからめ、ねちゃ、ねちゃ、と唾液の音をさせたディープキスに変わっていく。

（ああ、すごい。極上の美人と恋人みたいなベロチューしてるっ）

感動で身体が震えてきた。

夜行バスで隣り合った知らない美女と、出会ったばかりでディープキスをしているのだ。

（夢みたいなことがあるんだな）

もっと激しく舌を動かしていくと、いよいよ梨紗子は、
と、悩ましい鼻息を漏らし、向こうから抱きついてきた。

「ううん……んぅぅ……」

唾液の音をさせて舌をもつれさせ、美女の甘い唾液をすすり飲む。舌の粘膜と粘膜がからまり、口の中が梨紗子の甘い唾で満たされていく。

たまらなくなり、さらに抱擁を強める。

（華奢だと思っていたのに、柔らかくてムチムチしてる。成熟した女の身体だ。抱き心地がたまらない）

目を開ければ、眉間にキツくシワを寄せた色っぽい表情の梨紗子がいる。激しく勃起した。

そして、それを恥ずかしいと思うことなく、抱きしめながら梨紗子のミニスカート越しの股間に、ぐいぐいと押しつける。

「んんんっ……んんっ……はっ……ああんっ、エッチね……」

キスをほどいた梨紗子が、美しいアーモンドアイを淫靡にとろけさせつつ、上目遣いに見つめてくる。

胸をハアハアと喘がせて、瞼は半開きだ。すでに瞳が潤んでいるのはディープキスをしたせいだろうか。

「ああ、梨紗子さん……」

顔を近づける。

今度は彼女から、唇を押しつけてきた。

「ンフッ……ンンッ……ぅんんっ……」

苦しくなるほど、ねっとりしたキスだった。

彼女の舌が生き物のように動いて、秋人の口中をまさぐってくる。

(ああ、口の中、梨紗子さんの唾まみれで……激しい口づけ……)

いやがおうにも欲情が高まり、勃起がズボンの中でビクビクする。

「あん、すごいわっ、もう硬くして……」

キスをほどいた梨紗子が、ちょっとイタズラっぽく目を向けてきた。

「で、でも、あなただって、あんなにバスの中で濡らして」

秋人がそう言うと、

「ああんっ、言わないで。ホントにエッチ……」

と、喋らせたくないとばかりに、積極的にまた唇を押しつけてきた。

「ンン……んぅぅぅ」

秋人も舌を動かして、彼女の口腔内を舐めまくる。いよいよ彼女も盛りあがってきている。

これはいけると手を下ろしていき、ニット越しのふくらみをまさぐった。

「あんっ……」

彼女が唇をずらして、小さく喘ぐ。

さらに揉みつつ、秋人は驚愕していた。

（なっ！　おっぱい、で、でかっ。手のひらを広げてもつかめないよっ）

想像以上の大きさに感動しつつ、一刻も早く中身を見たいと梨紗子のピンクのニットをめくりあげていく。

（すっげー）

一気に肩までめくると、白いブラジャーに包まれた乳房が、たゆんと揺れるようにこぼれ出た。

花模様の刺繍で覆われた高級そうなブラだ。

清純そうな彼女に、白の下着がよく似合っていた。肌が抜けるように白いのもあいまって、まばゆいばかりのおっぱいだった。

「ああン……」

梨紗子は頬をバラ色に染め、恥ずかしそうに顔をそむける。

羞恥(しゅうち)に震えているが抵抗する感じはない。

（ああ……ナマおっぱいが見たいっ。ブ、ブラを外すんだ）

久しぶりだし、経験があまりないからスムーズにできるかわからないが、とにかく彼女の背中に手をまわしてホックを探った。

ホックはすぐにあった。

両手を背中にやって苦労してブラを外すと、

「あんっ……」

彼女の恥じらい声とともに、ブラカップに包まれていた生乳が、いよいよこぼれ出た。

（おお……）

秋人の頭の中が、一気にピンク色に染まる。

ずっしりとした量感あふれる双乳は、仰向けだからわずかに左右に広がっているものの、小さな乳首がツンと上向いている。

静脈が透けて見えるほど乳肉は白い。

乳首は透き通るような薄ピンクで、巨大すぎる乳房とは対照的に小さめだった。

「いやんっ、見ないでっ」

梨紗子は腕を胸に当てて隠そうとするも、あまりに大きくて乳首くらいしか隠せなかった。

（Fカップとか、それくらいありそうだぞ）

グラビアでしか見たことがない、メロンのような大きな乳房だ。

しかも細身だから、おっぱいの存在感が凄（すさ）まじい。まさに痩せ巨乳で男にはたまらない体形だった。

「キ、キレイですっ。隠さなくてもいいのに……」

ため息交じりに言いつつ、震える手で彼女の腕を引き剝(は)がし、丸々としたふくらみを軽く揉んでみた。

「あ……」

梨紗子はピクッとして、恥ずかしそうに口元を手で押さえる。

どうやら感じたときのクセらしいが、慎ましやかなその行為に、逆に興奮を覚えてしまう。

さらに揉むと、指は簡単に乳肉に沈みこんで、形をひしゃげていく。

（や、柔らかい……）

夢中になって揉みしだく。

指を押し返すような弾力もたまらなかった。

「はンンッ」

梨紗子は揉まれるたびに、半開きの口からせつない喘ぎを漏らして、顔をのけぞらせていた。

（くうう、色っぽいっ……）

自分の拙(つたな)い愛撫でも、これだけ声が出るということは、かなり感じやすい身体なのだろう。

調子に乗って、指腹で乳首を撫でると、

「ン……ンッ……」

眉をつらそうにひそめた梨紗子が、じれったそうに腰をよじってくる。

（ああ、欲しがっている……！）

たまらない反応だ。今度は乳首を指でつまんでみた。

「あン……ッ」

彼女はのけぞり、悩ましい声を漏らす。だが、その感じた声が恥ずかしかったのか、

「いやっ」

と、続けざま首を振る。

いやという場所が感じる部位だ。

秋人はここぞとばかりに、しつこく乳首をいじる。すると、

「あンッ、いやあん、やだっ……そ、そこばっかり……」

梨紗子は潤んだ瞳で、恥ずかしそうに目を向けてくる。

しかし、もう乳首が充血して硬くなっているのは、経験の浅い秋人にすらわかっていた。

秋人は彼女の抗いを無視して、顔を寄せてトップを軽く頬張った。

「あぁっ……！」

ちょっと吸っただけで、梨紗子は感電したみたいに背を浮かす。

（す、すごい……）

上目で彼女の様子を眺めながら、乳輪をぺろぺろ舐めて、屹立した突起を口に含んでチューッと吸い出した。

すると、

「ぁあ……はぁ……」

梨紗子はまるで赤ん坊がむずかるような声をあげて、淫らがましい泣き顔を見せてくる。

元が凄艶たる美貌だけに、眉根を寄せたとろけた表情は実にエロい。もっといやらしい表情を見せてほしいと舌を伸ばし、硬くなった乳頭をねろねろと舐めると、乳首は口の中でさらに硬くシコり、汗ばんだ味と匂いが強くなっていく。

いったんしゃぶるのをやめて、彼女を見た。

梨紗子の乳首は、唾液にまみれてぬめぬめとしている。

「ああ、たまりませんよ……乳首が硬くなって」

「いやんっ……言わないでっ……」

彼女は、もうこらえきれないとばかりに身悶(みもだ)えをはじめる。

2

秋人は梨紗子の乳房を、下からすくうように揉みしだいた。

「あっ……あっ……」

梨紗子が小さくのけぞり、ぽうっと、かすみがかった目で見つめてくる。

その様子が色っぽくてエッチすぎる。

もっともっといじめたくなった。

乳首を吸いながら、指をゆっくりと彼女の脇腹からウエストに、さらに尻へとすべらせて、指をパンスト越しの深い尻割れに持っていく。

「あっ……！」

ビクッ、として梨紗子が尻を逃がそうとした。

それを追うように、指でまろやかなヒップの切れ目を探ると、

「ああんっ、いやんっ、そんなところっ」

いやだと言いつつ、ヒップが、くなっ、くなっ、と揺れている。

(た、たまんないよ……この身体……)

秋人は魅惑のヒップから、さらに完熟のボディラインに手を這わせていく。

三十歳の肉体は、スレンダーながらも今まさに脂が乗って、柔らかくてムッチリしている。

腰をなぞり、臍やあばらにキスをすると、

「うぅぅん……ああっ……あああっ……それもだめっ、ああん」

と、またくすぐったそうに腰をくねらせる。

(そ、そろそろ下も……)

下半身がどうなっているか、見たくなってきていた。

秋人は、ずりずりと身体を下げていき、思いきって梨紗子のミニスカートを腰までめくりあげた。

ストッキングに包まれた下肢が露わになる。

ブラジャーとおそろいの白いレースのパンティが透けている。ヒップは息を呑むほど大きくて、尻の曲線がなんともエロティックだ。

興奮しつつ、梨紗子のむちっとした太ももをつかんで大きく割り広げた。

「いやっ、だめっ……」

梨紗子が首を振って、M字開脚させられた脚をばたつかせていやいやする。

「だ、大丈夫ですっ！　大丈夫ですから」

もはや何が大丈夫かわからないのだが、とにかく今は魅惑の女性器に触れたいと、股ぐらに顔を寄せて基底部に鼻を押しつけた。

「あああっ……！」

梨紗子が何度も首を振る。

「いやっ……あんっ……か、嗅がないでっ、お願い……だめ、そんなところの匂いを嗅いじゃだめ、お願いっ」

必死に哀願してくるも、この蒸れた生臭い匂いを嗅いで、冷静になることなんてできない。

パンストの上から、熱いおま×こをじっとりと舌で舐めた。

「あ、ああ……ッ……いやっ……！」

梨紗子の身悶えがひどくなる。

身体の感度がいいのに恥ずかしがり屋という、男にはたまらない性格だ。

ならばもっと恥ずかしがらせてみたいと、クロッチを唾液たっぷりの舌でなぞると、内側と外側からすぐに湿っていき、濃厚な女の匂いが濃くなっていく。

やがて純白の下着が透けてきた。パンストに浮き立つパンティに卑猥（ひわい）なシミが広がってきたのが見えたのだ。

「い、いや……ああん、恥ずかしい……」

下着が湿ってきているのがわかるのだろう。開脚させられている梨紗子は首を左右に振りたくる。ツンと鼻につく発酵臭はさらに強くなり、まるで男を誘っているようだ。

（美人でも、おま×この匂いは強烈なんだな……）

興奮で、ますます屹立が疼く。

「ああっ、もう許してっ……ああんっ」

泣きそうな声で、梨紗子が叫んだ。

（いやがって。きっと濡れてるぞ。よし、い、いよいよ……おま×こを見ちゃうぞっ。美人のおま×こを露わにしてやる）

秋人はパンストとシミつきパンティに手をかけた。

くるくると丸めながら下ろしていき、ようやくヒップから剝き下ろして爪先から抜き取った。

（うおおっ……）

茂みの奥に濃いピンクの花びらが見えて、秋人は目を見開いた。

美人のおま×こは麗（うるわ）しかった。

慎ましやかに二枚の花びらが少し開いていて、奥にある薄桃色の粘膜がつやつやと濡れ光っている。

女肉は清らかだだが、漏らした愛液がワレ目からシミ出していた。

たちこめる磯のような匂いは噎（む）せ返るほど濃厚で、鼻先にキツく漂ってくる。

（ああ、こんなにぐしょぐしょになって……）

濡れやすい体質なのだろう。

これほどの濡れ濡れおま×こを見たら、もう一刻もガマンできなくなった。

夢中でズボンとパンツを下ろすと、ガマン汁のこびりついた屹立が、バネのように飛び出した。

自分でも驚くほどの勃（た）ちっぷりだ。

彼女は恥ずかしそうに顔を横にそむけている。

だが、先ほどちらりとこちらを見てから、すぐに濡れたような目をしたのを秋人は確認していた。

(今、勃起を見ましたよね。でも、いやがらない。ということは……いいんですね。彼氏がいても僕と身体を……)

息を呑み、秋人は膝立ちしながら腰を進めた。

勃起を濡れそぼる媚肉に押し当てる。

正常位でそのまま……。

(あ、あれ……?)

久しぶりのセックスで入れる穴が思ったところになかった。

息をつめてペニスの先を動かしていく。

(おかしいな……)

慌てていると、突然、狭い穴がプツッとほつれる感触がして、勃起がぬるんっと、嵌まりこんでいく。

「ぁあう………!」

彼女が顎をせりあげ、感じ入った声を漏らした。

たわわな乳房が目の前で揺れている。

つらそうにギュッと目を閉じて、眉間にシワを寄せた苦悶の表情が、たまらなく色っぽい。

(うああ……入った。梨紗子さんの中、ギュッ、ギュッ、と包みこんできて、あ
あ……あったかい……)

美人の肉の味わいは、想像以上の気持ちよさだった。

とにかく狭い。

梨紗子の中はゆるみなんてなく、しかも愛しい人を受け入れたように、柔らか
な膣肉がペニスを包むように締めつけてくる。

「くっ、くううう、き、気持ちいい……」

脳みそがとろけそうだ。

思わず腰を動かしてしまう。

「あっ、だ、だめっ。いきなり、いやっ、いやぁぁ……」

梨紗子は困惑した声を出して、腰をくねらせた。

鈴口の先にこつんと当たる部分があり、そこを何度も当たるように突くと、

「ぅぅんっ……ああっ、ああっ……そんなにしたら、だめっ……ああん、い、い
やっ！」

紗子はシーツを握りしめ、苦しげな顔をのけぞらせる。

(この人、感じた顔がやたら色っぽいっ)

ぱっちりした目と、鼻筋のすっと通った清楚な美人は、つらそうな泣き顔がたまらなくセクシーだった。

美人を感じさせているという優越感。

その高揚が、ますます腰の動きを速めさせ、たまらずパンパンッ、と肉の打擲音（ちょうちゃくおん）が響きわたるほど連打を繰り返してしまう。

「ああっ、ああっ、あああああっ……」

押し入ってくる男根の圧迫が苦しいのか、梨紗子は時折「くっ」と唇を嚙みしめ、ギュッと目を閉じる。

その様が可愛らしくて、たまらず前傾して汗ばんだ身体で彼女を抱いた。

梨紗子の身体も汗でしっとりしている。

気持ちよすぎて、もっと突いた。

「あ、ああん！　は、激しっ……あああんっ」

彼女も、ギュッと抱きついてくる。

「おおう……き、気持ちいい、気持ちよすぎます。いやだっ、いやだっていいながら、アソコがからみついて……」

「いや、ああんっ、そ、そんな、ああんっ、私、そんなことしてないっ……ああんっ、だめっ……だめっ……」

彼女は恥ずかしそうに顔をそむけるも、挿入の歓喜を噛みしめるように、眉間に深いシワを刻んで、ハアハアと喘いでいる。

たまらなかった。本能的に腰を動かしていた。

「あっ、だめっ……あっ、あっ……！」

短く歓喜の声を漏らし、梨紗子が打ち震える。

ぐちゅ、ぐちゅ、と果肉のつぶれるような音が立ち、密着感が増していく。結合部からの甘美な刺激が、身体の中を駆け巡る。

（おおぅ、すごいっ……）

結合部からはしとどに蜜があふれ、獣じみた女の発情の匂いが、プンと濃くなってくる。

彼女の感じている顔を見ながら、さらに奥まで深くえぐると、

「ああっ、いっぱい……ああんっ、あなたので、いっぱいになってるっ」

梨紗子がとろんとした目でこちらを見た。

「こっちも、た、たまりませんっ。中、気持ちいい」

そう言いながら唇を突き出せば、梨紗子から唇を押しつけて、ねちゃねちゃと

音を立てるほど激しく舌をからめてくる。

「う、ンうんっ……ううんっ……」

（ああ、極上の美人と、下も上もつながっているっ……）

挿入しながらのキスは、あまりに快美すぎた。

彼女も同じ気持ちらしく、怒濤の連打に翻弄されつつも、いよいよ腰を使ってきた。

「くうっ！」

清楚でもやはり三十歳だ。

淫らな腰の動きに、一気に射精をうながされるほどの刺激を与えられて、キスもできなくなるほど震えてしまう。

「ああ、そんなに動いたらっ、出ちゃいます」

「あああんっ、だって、私……私、ああんっ……」

おそらく、感じてしまってどうにもならないのだろう。

たまらない。

彼女をギュッと抱きしめて、ばすっ、ばすっ、と懸命なストロークで、子宮にまで届かせる。

「ああんっ、いい、いいわっ」

と、彼女は口走り、さらに腰を動かしてきた。

（くうう、気持ちいいっ）

欲しかった。

彼女が欲しくてたまらなくなってきた。

会ったばかりなのに、話していると楽しくて。

美人なのに、いやらしくて。

何よりも、ずっと一緒にいたいという気持ちにさせてくれる、とても居心地のいい存在だった。

（出会ったばかりだというのに……）

こういう気持ちは久しぶりだった。

もっと欲しいと、パンパンと肉の打擲音が鳴り響くほど貫いていく。

結合部はもう汗と愛液とガマン汁で、ぐしょぐしょだ。

「ああん、だめっ、そんな……ああん、気持ちいい、ああん、すごい。私も、あん、イク……イッちゃうっ……ねえ、私、イッちゃうっ」

腰を大きくうねらせつつ、彼女は怯(おび)えた表情を見せる。

「えっ、い、イクッ⁉」

まさかの言葉に、秋人はさらに興奮した。

がむちゃらに突き入れると、

「あんっ……あんっ……あんっ……気持ちいいっ、気持ちいいよっ」

梨紗子の表情が、いよいよ切迫してきた。

その美貌を覗きこみながら腰を使ううち、秋人もたえがたいほど尿道が熱くただれてくる。

「あああ……僕、出そうですっ」

汗ばんだ肢体にしがみつきながら、彼女の耳元に訴えた。

抜かなければ、と思った矢先、

「あんっ、いいのっ、出して。ああんっ、ちょうだいっ」

愉悦におぼれきった顔で、梨紗子が訴えてくる。

「え……い、いいんですかっ」

「いいのっ……欲しいのっ。お願いっ、好きにして。私のこと、好きにして欲しいの」

「ああ、り、梨紗子さんっ」

ギュッと抱きつき、遮二無二腰を使った。

「はああんっ、ああッ……だめっ……ああんっ……イクッ……イッちゃうぅ」

梨紗子は秋人にしがみつき、ガクッ、ガクッと痙攣する。

しかもだ。

彼女の腰は、より深く男根を迎えようと、クイクイといやらしく、しゃくりあげてくる。

（うああ、気持ちよすぎるっ）

そのときだ。

頭の中が真っ白になり、全身が痺れきった。

先端から熱い飛沫が吹きあがった。

大量の精液が梨紗子の子宮口に注がれていく。身体が痺れるような凄まじい快楽に意識がとぎれそうになる。

「あんっ、熱いっ。きてるッ、すごいいっぱい……」

彼女は絶頂の余韻を引きずって、放出するペニスを何度も締めつけにかかってくる。

脳天が溶けてしまうほど、気持ちよい射精だった。

まるで魂が抜かれたようだ。秋人は梨紗子にしがみつき、ぶるぶると震えることしかできなかった。

# 第三章　クールビューティの誘惑

## 1

「隣はみなさん、いますかね」

バスガイドがマイクで話すと、社員はみんな「はーい」「いるよー」と、適当で気のない返事をする。

元気がないのは、昨日まで忙しかったからだ。

みんな行きのバスの中で休んで、英気を養おうとしているのである。

秋人が勤めているのは、名古屋にあるS丸株式会社という建材商社で、社員数は百人に満たない、商社としては規模の小さい会社である。

働いている部署は営業二課。

住宅メーカーに対して、木材を加工して卸すのが仕事である。

春先に向けてのこの時期はかなり忙しいのだが、社長が、

「忙しいからこそ、休みが必要」

と、繁忙期に社員旅行を入れたので、みな本音では「休んでいる場合か」というところだ。

貸し切りバスは参加者の四十人で埋まっている。

だが秋人の隣は、いまだ空席だった。

「あの、岩井課長がいないんですが」

秋人は手を挙げて、バスガイドに伝える。

営業二課で秋人の上司である岩井玲子が隣の席なのだが、もしかすると休みではないのかと期待してしまう。

というのも、上司の玲子は自分より十歳上の三十八歳で、課長クラスとしてはまあまあ若いデキる女であり、ノルマに非常に厳しい人だった。

成績がよろしくない秋人は、玲子に怒られる毎日だ。

そんな鬼上司とバスで並んで座り、五時間も過ごすのだ。戦々恐々としていたわけで、来ないならラッキーと思っていた。

「ごめんなさい、遅くなって」

声が聞こえて、見れば前の入り口から玲子が乗りこんできた。

（あーあ）

がっくりと肩を落とす。

玲子は秋人の隣に座った。

「出がけにスマホを忘れて、遅くなっちゃったわ」

話しかけてきた玲子を見て、秋人はあれ？　と思った。

会社で見せる厳しい顔とは違って、ニコッと微笑んでくれたからだ。

「あ、あの、課長。窓のほうがいいですか？」

おそるおそる尋ねると、

「いいわよ、別に。こっち側で。それより暑くないの？　上着を脱いだらいいのに」

やはり、いつもと違い物腰がやわらかだ。

玲子に言われてダウンパーカを脱ぎ、畳んで膝の上に置いた。

「せっかくの社員旅行なんだから、リラックスしたらいいわよ」

「は、はいっ」

秋人が緊張しながら返事をすると、玲子がクスッと笑った。

（玲子課長が、珍しく可愛く笑うなんて……そういえば、玲子課長のスーツ以外

の姿って初めてだよな。だから優しく見えるのかなあ）

秋人は隣に座る玲子を、ちらりと盗み見る。

性格は厳しいが、容姿は人目を引く美人である。

きらきらしたストレートヘアに、高い鼻をツンと上向かせて、切れ長の涼やかな瞳の目立つその容姿は華やかとしか言いようがない。

三十八歳にしてはかなり若々しく、タイトなスーツがよく似合う、キャリアウーマンを絵に描いたように人だった。

しかし今はモヘアの黒いニットに、プリーツの入ったスカートという、大人っぽくも可愛らしい格好で、いつもの凛（りん）とした感じとはまるで違った。

同時に、あまり見せない胸元に秋人の目は自然と吸い寄せられてしまう。

（噂はホントだったんだ。玲子課長のおっぱい、でけー）

怒られるから見ないようにするものの、この圧倒的なふくらみを無視することは無理だった。

「玲子課長はS丸商事イチの巨乳」

と、噂されていたが、まさにその通りだ。

たしかにいつものスーツ姿でも、バストは悩ましい隆起を見せていた。

ぴったりとしたニットで見せる玲子の乳房は、目を見張るような大きさで、Fカップとか G カップはありそうだ。

(美人でスタイルもよくて……なんで独身なんだろうな。やっぱり性格かなあ)

玲子はノルマを厳しく課すのもそうだが、目標をクリアできなかった部下に、次は頑張りなさい、と温かく声をかけるようなことはない。

未達であれば徹底的に叱責する。

特に男性社員には厳しく、少しでも成績がふるわなければ、結構な厳しい言葉をかけてくる、まさに男勝りの性格なのだ。

(でも、会社と普段は違うんだな)

鬼上司の別の一面を見て、意外だなあと思っていたときだ。

「ひゃっ！」

首筋に冷たい缶ビールを押しつけられて、秋人は思わずのけぞった。

玲子がビールを持ってクスクスと笑っている。

「なんて声出しているのよ。はいどうぞ。まわってきたから」

冷えたビールを手渡されたとき、玲子から、ムンとした女の匂いが漂った。香水というよりも、玲子の肌がフェロモンのように匂っている。怖い上司に初めて性的な女を感じてしまった。

(いやだなあと思ってたけど、案外楽しいかも)

玲子はまるで警戒心なしに身体を寄せてくる。

ひかえめな長さのプリーツスカートから、ちらりとだけ太ももが覗いた。

(い、いや……見てたら怒られるぞ。今は優しいけど、バレたら……)

と思っても、ちらちらと太ももに目が行くのを自制できない。

「私もビールもらおうっと」

玲子は冷えたビールを手に取ると、

「カンパーイ」

と、秋人のビールに合わせてきた。

「くううっ、おいしいねっ」

玲子が満面の笑みで缶ビールを呷っている。

その飲みっぷりよりも、弾けるような笑顔に秋人はキュンとしてしまった。

(あれ？　可愛いぞ。玲子課長って……思ってたよりも可愛らしかったんだ)

三十八歳の熟女は、いつもは冷たい感じがしていたのだが、こうして屈託なく笑うとくっきりした目が細められて、親しみやすい雰囲気になる。

バスが高速に入った。

高速道路は混んでいないようだから、予定の夕方には着きそうだ。

そんな中、後ろの席の女性社員が顔を出してきた。

「課長、今日の服、可愛いですね」

「そう？　ありがとう」

もうひとりの女性社員も、後ろから顔を出してくる。

「玲子さん、美人なのにスタイルいいんだもん。すごく嫉妬しちゃう」

「そんなことないわよ。若い頃より体形崩れてきているし」

ふたりの女性社員は、

「えーっ！」

と、大げさに驚いた。

隣にいる秋人も同じ気持ちである。

(これで？　腰は細いし、おっぱいなんかツンと盛りあがってるのに？)

缶ビールを飲みながら、ちらっと玲子の胸に目を走らせたときだ。

「ウソだあ。玲子さん、おっぱいだって大きくて形がいいのに。男性社員なんか、みんな見てますよお」

「ぶっ」

その言葉に、思わずビールを喉につまらせた。

「ちょっと、秋人くん。大丈夫？」

玲子が心配そうに背中をさすってくれる。

「す、すみません……」

咳きこみながらチラッと玲子の表情をうかがうと、胸のことを言われたのが響いているのか、頬をバラ色に染めて恥ずかしそうだ。

「やだー、祖堅くん、女子会トーク聞かないでよ。エッチ」

後ろの席から顔を出しているふたりが、文句を言ってきた。

「き、聞きたくなくても、聞こえますよっ」

困った顔で言うと、ふたりはからかうような目を向けてきた。

今さら気づいたのだが、このふたりも目の下が真っ赤だ。行きのバスの中だというのに、もうほろ酔いになっている。

結局、秋人がいても三人のきわどい会話は続いた。

「いいなあ、玲子さん。仕事もバリバリできて、スタイルもルックスも完璧なんだもん。憧れますっ」

「課長みたいなキャリアウーマンになりたいなあ」

「ありがと、なれるわよ」

と、玲子は笑いながら、女性社員からもらった二本目の缶ビールを開けて、ぐいっと呷っていく。

秋人は、あれ？　と思った。

（なんか今、玲子課長、寂しそうな顔をしたな）

一瞬だけだったから見間違いかもしれないが、キャリアウーマンと言われるのに抵抗があるんだろうか。

しばらく何気なしにガールズトークを聞きつつ、横目でチラチラと玲子を見ていると、彼女はやけに速いピッチで缶ビールを喉に流しこんでいた。

ふと見れば、玲子は話に夢中になってして、しかもアルコールが入って意識がおおらかになったからなのか、プリーツスカートがズレあがったままだ。

太ももが半ばぐらいまで露わになっている。

しかもだ。

半身になって喋っているから、両膝がこっちに向いていて、わずかに開いたままなのである。

（み、見えそう……）

暗がりに太ももの内側が覗けている。

スカートがもう少し短かったら、パンティまで見えていただろう。

普段は隙のまるでない美人キャリアウーマンだ。

そんな彼女のパンチラが見えたら、一生モンの気がする。大げさかもしれないけど。

しかもだ。

玲子が缶ビールを傾けるたび、ニット越しのおっぱいが激しく揺れている。

（すごい、ゆっさ、ゆっさって……）

もしかすると、夜行バスで出会った梨紗子よりも、玲子のほうがおっぱいは大きいかもしれない。

そこでふいに、梨紗子のことを思い出してしまった。

先日のこと。

勇気を振りしぼって、ラブホテルに行ってベッドインした。

もうその日は夢心地で、どうやって帰ったのか覚えてないくらいだった。

彼女はそれほどまでに自暴自棄になっていた。

彼氏との関係はかなり険悪なのだろう。

そう確信し、告白しようとしているのだが、どうにも連絡ができないでいる。

彼氏と復縁していたらと思うと、怖くてできないのだ。

（いや、彼女は僕とセックスしてイッたんだぞ。きっと僕のことを……）

と思いつつ、今まで女性との関係が続かないこともあってどうももうひと押しができないでいた。

ため息をついたとき、

「どうしたのよ、全然飲んでないじゃない」

玲子が不満げな顔を見せてきた。

どうやらガールズトークは終わっていたらしく、後部座席から顔を見せていたふたりの同僚の姿は見えなくなっていた。

「の、飲んでますよ。課長が飲みすぎなだけです」

「飲みすぎ？　そうかしら」

と言いつつ、身を寄せてくる。

やっぱりかなり酔っているのか、アルコールの匂いでわかる。

「それより、ここのところ楽しそうじゃない。彼女でもできたのかしら」

ドキッとした。

「い、いやあ……あの、まだ完全には、その……」

照れると玲子は真顔になった。

「完全にって何よ。好きなら、ちゃんと相手に思いを伝えなきゃね」

えっ、と思った。

仕事以外のことをあまり話さない玲子が、プライベートなことにアドバイスをしてくれるとは思いもしなかった。

「素直に伝えないと、私のように悩んじゃって、うまくいかなくなることだってあるんだから」

「え？　うまくいかないって……」

秋人があからさまに驚いた顔をすると、

「何よお」

と、美熟女は可愛らしく頬をふくらませる。

「い、いや……その、課長は仕事も完璧だし、恋愛とかそういうのも悩んだことなんかないのかなあって……」

「私のこと、なんだと思ってるのかしら。悩むわよ、いろいろ。まあ会社ではそういう顔を見せないから仕方ないか」

　玲子は珍しく深いため息をついた。

「仕事だってね、毎日悩んでいるのよ。会社のやり方がこれでいいのかとか、取引先がセクハラじみたことだってしてくるし、ストレスばっかり」

　そこまで言って、また彼女は缶ビールを飲んだ。先ほども空になったビールを後ろの女の子に渡していたから、早くも三本目だ。

「そ、そうなんですか」

「そうよ。それでも弱みは見せたくないから……特に部下にはね。でも、ふと私だって寂しいと思うときもあるし、甘えたいときだって」

　ふいに玲子は、ハッと恥ずかしそうな顔をした。

「やだ、私ったら。あなたにそんなこと言うなんて。恥ずかしいわね、愚痴なんかよくないわ」

「い、いえ、そんなことないです。僕でよければ、愚痴ってください」

「生意気ね。でも、たしかにちょっとすっきりしたかも」

　そう言って、彼女は目を閉じた。

## 2

(疲れてたんだなあ……)

隣に座る玲子が、秋人の肩にしなだれかかって目を閉じていた。

貸し切りバスは順調に高速を走っている。窓から案内板が見えた。次に休憩するサービスエリアまで、もう少し時間がかかりそうだった。

秋人は寄りかかる鬼上司を見た。

可愛らしい寝息を立てて、秋人の腕に身を寄せている。

あの凜としたクールビューティが酔って珍しく愚痴を言い、そして安心しきったような寝顔をさらして寄りかかってくれている。うれしかった。

(玲子課長も大変なんだなあ。知らなかったよ)

社員旅行に来てよかった。

もっと言うなら、玲子とバスの中で一緒になってよかったと思う。

いつも怒られてばかりで、怖くて何も話せなかった。

だけど話してみれば、完璧だと思っていたデキる女も、自分と同じようにいろいろ悩んでいて大変なんだとわかった。

（僕に話してすっきりしたって言ってたな、ならよかった）

仕事のできない部下ではあるけれど、黙って愚痴を聞くことくらいはできる。

いや、逆にこれくらいしかできない。

聞き役なら大歓迎だ。

「うーん」

隣の玲子が寝言らしきものをつぶやきつつ、さらに身体を預けてきた。

（うおっ！）

モヘアのニットに包まれた、柔らかくて大きなふくらみが左腕に押しつけられている。

（玲子課長のおっぱいって柔らかいんだなあ……）

先日の夜行バスと同じシチュエーションだ。

なぜかはわからないが、もしかすると自分は女性の警戒感をなくす、ゆるキャラみたいなオーラがあるのかもしれない。

（それにしても、おっぱい大きい……ああ……だめだ。上司だぞ。意識しちゃだめだ）

が、どうしても肘に意識が集中してしまう。

わずかに肘を動かすと、豊かなふくらみの重みと、ブラカップに包まれた乳房のしなりをはっきりと感じた。

（うわー、た、たまらない……）

玲子を異性として意識したことは今までなかった。美人でおっぱいやお尻が大きいなとは思っていたけれど、それぐらいのものである。

だが今は……玲子の色香に股間が硬くなるのをとめられない。

絹のような、さらさらのストレートヘアから甘い匂いが漂ってくる。

さらに下を見れば、膝上のスカートはまくれており、むっちりした太ももが見えてしまっている。

透過性の強いストッキングの光沢が、薄暗い中、窓から差しこむ高速道路の照明に照らされて、いやらしく反射していた。

「う……んっ……」

玲子がわずかに呻いて、顔を肩にこすってきた。

甘えるような仕草と、ふわっとした甘い熟女の匂いに、秋人の胸はますます高まっていく。

(玲子課長の香水、いい匂いだな)

先ほどから、乳房や太ももを押しつけられている。

股間は硬くなり、興奮が募っていく。

(まいったなあ。僕だけ寝られないよ……)

先ほどまでワイワイガヤガヤとしていたのに、バスの中は静かだ。

このところ仕事が忙しかったから、社員みなが行きのバスで寝て、夜の宴会に向けて英気を養っているのだろう。

「どうしたのよ？　思いつめた顔をして」

玲子はいつの間にか起きていて、身体を寄せながら秋人を見ていた。

「彼女のことだっけ？　ちゃんと伝えなさいね。キミは優柔不断なんだから」

まだ酔っているらしい。同じことを繰り返し言ってくる。

だけど、そんな酔った課長を可愛いと思う。

「は、はい。ありがとうございます」

「ウフッ。今日は素直ね。そのほうがいいわよ、可愛くて。いつもちょっと怯えたり、ふてくされたりしていたから。そういう顔のほうがずっといいわ」

「え？　そ、そうですかね」

秋人は驚いた。

玲子に容姿のことなど言われたのは初めてだし、ましてや普段から、そんなところを見ているなんて思わなかったのだ。

(可愛いって、そんなこと言うなんてな……)

ちょっと照れてしまう。

すると、いきなりだった。

玲子が、すっと秋人の顔に美貌を近づけてきてキスしてきたのだ。

(は？　は？　えええええ？)

目をこれ以上ないほど見開いて玲子を見れば、鬼上司はイタズラっぽい笑みを浮かべていた。

(か、可愛い……けど、いきなり何してんの？)

美人なのはわかっていた。

おっぱいやお尻が大きいのも、知っていた。

だがそれでも、毎日怒られると気が気でなかったら、まるで異性なんて意識することはなかった。

だが、いったん女を感じてしまえば、鬼上司であろうとも、性的な魅力を覚えてしまう。

香水と体臭の混じったムンとする匂いや、先ほどキスしたときの、ビールの混じった甘い吐息もたまらなかった。

「ウフフ。これはお礼よ。といっても、怖い上司なんだから、お礼になるかどうかわからないけど。でも、愚痴を聞いてくれたお礼。部下にそんなこと言うつもりなかったけど秋人くんならいいかなって。キミ、ゆるキャラみたいなのよね」

「ゆ、ゆるキャラ……」

それは褒められているのか、皮肉なのか？

だけど、キスされたということは、好意めいたものがあるってことだ。

あわあわしていると、酔っているらしい玲子はますます甘えたように、おっぱいを押しつけてきた。

「フフッ、なあに赤くなってるの？　キミが童貞みたいだから、ちゃんと彼女とできるか心配なのよ」

「ええ？　ど、ど……」

玲子が唇に人差し指を当てて、しっ、とささやいた。

（ど、童貞って……）

玲子の言動が過激になってきて、さすがに心配になってきた。

「か、課長っ、酔ってますって」

小声で言うと、んふっ、と笑われた。

「酔ってるわよぉ。酔ってるから言ってるの。ねえ、いつも怒られてる怖い鬼上司を、好きにしてみたいとか思わない？」

「は？」

「言ったでしょ。甘えたいときもあるって。私も悩んだり寂しがったりするときもあるの。だからこの旅行のときだけ、ハメを外したいかなって」

息がとまった。

今まで耳にしたことのない舌足らずな声だ。

甘えられて心臓がバクバクと音を立てている。

《いつも怒られてる怖い鬼上司を、好きにしてみたいとか思わない？》

信じられない言葉に、頭がくらくらした。

（まさか鬼上司が、酔うとエッチになるなんて……）

だが、酔っているとはいえ、部下の秋人に甘えてくるということは、よほど寂しかったのか。

もしかすると、仕事で相当に悩んでいるのかもしれない。

いずれにしても、いきなりの衝撃展開に頭がついていかない。

「ウフフ……」

いろいろ考えているうちに、またキスされた。

「んふんっ」

舌を入れられて、興奮が理性を凌駕する。

だめだという気持ちが薄れていく。

怖い上司であろうとも、美人でスタイルのいい、手の届かない女性であることは間違いないのだから、したくなるのは当然だった。

秋人も夢中で舌を伸ばして、玲子の口内をまさぐった。

もはや自分がしていることが現実とは思えない。

みなが寝ているとはいえ、社員旅行のバスの中である。社員がいる中で、社員同士がいやらしいキスをしているのだ。

「はあっ……んんっ……んっ……んっ……」

玲子が切れ切れに漏らす吐息と、ねちゃ、ねちゃ、と唾のからみ合う音が、淫靡な響きで耳に届く。

（ああ、ぬるぬるして温かくて……唾液を舐め合って……くうう、玲子課長の本気のキス、気持ちよすぎる）

同僚にこの場面を見られたら、大変なことになる。

そのスリルたるや、梨紗子のときとの比ではなかった。

（い、いいのかな……？）

この先、会社でどんな顔をすればいいのかわからない。

それでも今は、この魅力的なひとりの美熟女と身体を重ねて、存分に気持ちよくなりたいという欲望がある。

ひりつく背徳感が秋人の中にあり、猛烈な興奮に包まれていた。

「ンフっ、意外とエッチなキスをするのね、秋人くんって」

女上司の表情は、今までになく艶めかしかった。

さらさらの髪から甘い匂いが漂ってくる。

おっぱいの感触やキスの興奮に、いよいよズボンの中の屹立が硬くなってきた。

（や、やばいな……）

股間がテントを張っている。

なんとか自然に位置を直そうと思っていたら、玲子が耳元でささやいてくる。

「あんっ……もう……だめでしょ。ウフフ。キスだけでオチン×ンを大きくするなんて……」

玲子の手が下りていき、ズボンのふくらみに触れた。

「くぅ……」

（な、なんて大胆な……）

触り方はやけにいやらしく、竿（さお）の部分をつまんだり、全体を撫でてみたり、まるで秋人のペニスのサイズを確かめるような手つきだ。

（ああ、玲子課長が……僕の勃起を……）

興奮して頭が痺れた。

緊張しているのに、勃起はさらにギンギンだ。

ドクドクと脈動して、ズボンで押さえているのが苦しすぎる。

「すごく熱いわ……ウフフ。私の手で感じているのかしらね、それとも、押しつけているおっぱいかしら？」

「えっ」

（わざとだったのか……）

それを知ってしまったら、さらに胸のふくらみを意識してしまい、勃起がピクピクと脈動してしまう。

「あんっ……またっ……大きくなって……」

玲子はさすりながら、息を乱してくる。

たまらなかった。

さらに、だ。

玲子の手が秋人の手をつかんで、自分の胸元に持っていく。

(ええ？)

ニット越しに美熟女の大きなふくらみを感じる。

(だ、だめだ……もうガマンできないよ)

秋人はまわりをうかがいつつ、そっと玲子の胸のふくらみを揉みしだく。

「あんっ……」

玲子が耳元で甘い喘ぎを漏らした。

(う、うわああ、大きいっ……)

ニットとブラカップ越しだが、女上司のふくらみの柔らかさがはっきりと伝わってくる。

温かくて、もっちりしていて……梨紗子よりもさらに柔らかい熟女のバストだった。

柔らかいけど、指を押し返す弾力は強くて、しっかりと張りがある。

（玲子課長とイチャイチャするなんて……）

夢心地でうっとりしていたら、さらに胸を揉んでいた手をつかまれて、プリーツスカートの中に導かれた。

「れ、玲子課長……！」

思わずいつも心の中で呼んでいる「玲子課長」とつぶやいてしまった。

あっ、という顔をするも、玲子はウフフと笑い、

「フフ、普段だったらそんなふうに呼ばれると怒るけど、いいわ、そう呼んでも」

と、ふくらみをさらにいやらしく撫でまわしてくる。

唾を飲み、秋人も身体を火照(ほて)らせる。左手で玲子の太ももを触りつつ、いよいよスカートの奥に侵入させた。

「あんっ……」

玲子のセクシーな声がたまらない。

鬼上司は、こんなにも色っぽい声を漏らすのかと感動しつつ、熱く火照った下

腹部に指を入れると、ストッキング越しの柔らかい肉の感触があった。

(この奥は、玲子課長の……)

そう思うと、意識がなくなりそうなほど興奮した。

社員旅行のバスの中だぞ、とそれだけは意識してまわりをうかがいつつ、手のひらで玲子の股間をじっくりと弄ぶ。

いよいよもっと触ってとばかりに玲子が腰をくねらせる。

夢中でさすっていると、

「ん……う……」

玲子がほんの小さく声を漏らし、秋人の左腕をギュッとつかんでくる。

見れば、首筋が赤く染まり、身体が震えている。ハアハアと息を乱しつつ、見あげてくる瞳が妖しく潤んでいた。

どちらからともなく、顔を近づけて唇と口が重なる。

「ううんっ……うっ……んんっ」

玲子は悩ましい声を漏らしつつ、ねっとりと舌をからませてきた。

(甘いっ……玲子課長の唾……フルーティだ)

鬼上司という仮面を外せば、三十八歳の可愛い美熟女だ。

アラフォーだというのに、スタイルばっちり。

唇もしっとり濡れて、艶(つや)やかだった。

香水の混じった柔肌の匂いも、アルコールの混じった唾の甘露も、すべてが魅力的だ。もうとまらなかった。

濃厚なベロチューをしながらまた、ストッキングとパンティの上から、じっくりと玲子の恥部をこすりつけると、

「あっ……あンっ……」

キスができなくなるほど感じてきたのか、玲子は甲高い声を漏らしはじめ、ほっそりした顎をせりあげる。

(れ、玲子課長……)

もう限界だ。

服を脱がそうとしたとき、バスが速度を落として左に寄ったのを感じた。

(や、やばっ……)

慌てて玲子のスカートの中から手を抜き、窓の外を見た。

バスが停まると前後の席から、

「あー」

「疲れたー」

という声が耳に届いた。

玲子を見れば、何事もなかったように、また後ろの席の同僚の子たちとガールズトークをはじめてしまうものだから、秋人は大いに困惑した。

## 3

夕方に金沢の温泉旅館に到着した。

社員たちはそれぞれに割りふられた部屋に行く。

一時間後には座敷での宴会となっていた。

秋人のいる部屋も、ずいぶん落ち着いたいい雰囲気だったが、旅館を満喫するよりも何よりも、頭の中は玲子のことでいっぱいになっていた。

(酔ってたからなのかな……あのときだけなのか?)

わからない。

今までそんな素振りなど見たことがないから、混乱しているのだ。

部屋に行くと、同僚たちが玲子のことを尋ねてきた。

バスでずっと玲子と一緒で、いいなあという嫉妬からである。

玲子はクールで仕事女と怖がられているものの、美人であるために、直接の部下でない男性社員にとっては高嶺の花なのだ。

「珍しいなあ。玲子課長があんなに酔っ払うとはな」

「チラッと見たけど、酔っている姿、かなり色っぽかったぞ」

「うらやましいな。なあ、祖堅、どんな感じだった？」

同僚たちが興味津々で訊いてくる。

「ど、どうって……たしかに色っぽかったな」

まさかキスして、スカートの中に手を入れたなんて言えるわけがない。

「くっそお。いいなあ。しかし玲子課長、相変わらずデカ乳だったな」

「なあ、宴会って浴衣強制だろ。早く浴衣の玲子課長を拝みたいよ」

「酔って、浴衣が乱れたりして」

「うまくいったら、パンチラとかブラチラ拝めるかもな」

「ちゃんと下、着てるだろ」

「いやあ、今日の課長の無防備さだったら、ありえるぞ」

同僚たちの下世話な話が耳に届き、秋人は心配になった。

缶ビール数本であんなに無防備になるのだ。もっと酔ったら何をしでかすかわかったもんじゃない。

風呂に軽く入ってから、浴衣に着替えて大広間に行く。ちなみに浴衣が強制というのは、「宴会は浴衣でするもんだ」という、社長の古い体質からである。

大広間に行くと、膳を二列に置いたグループが三つあった。

台の物、洋皿、煮物など盛りだくさんである。

金沢の地酒を楽しみつつも、視線は玲子に向く。

玲子は白い浴衣に袢纏（はんてん）を羽織って、湯あがりの女の色香を漂わせていた。

浴衣の合わせ目からは、ぽうっと桜色に染まった乳房の谷間が覗いている。

（大丈夫かな……ブラジャーとかじゃなくて、キャミソールとか見えてもいいやつをつけてるよな？）

やはり心配だ。

なんだかいつもの役割と逆である。

いつも会社で衆目を浴びている美人課長だが、今はみんなから性的な目で見られている気がする。

（玲子課長、色っぽすぎるんだよなあ……）

髪をアップにしているから、後れ毛も悩ましいうなじが見える。

畳に両脚を投げ出しているから、むっちりした太ももが覗いている。

もっと危ないのは玲子が立ったときだった。

玲子が後ろを向けば、薄布に包まれた尻の丸みが完全に浮き出ていて、パンティのラインどころか、迫力のヒップの形が丸わかりだ。

（まずいっ、まずいって）

バスの中での痴態を知っているからこそ、社員の誰よりも玲子の危うさがわかっている。

（こりゃ一言、注意しないとだめだな）

秋人は慌てて立って、玲子が出ていったほうに向かう。

（トイレかな？）

ずいぶん足元がふらついていた気がするが、しかし近くのトイレに行っても、玲子の姿は見えなかった。

（おかしいな。いないぞ）

戻ったのかもしれないと戻ろうとしたら、玲子が別の広間に入っていくところだった。

（は？　間違ってるな）

慌てて駆け寄って襖を開けると、その広間は使ってなかったようで、ただ広い畳敷きの部屋で玲子が倒れて寝息を立てていた。

（う、うわっ）

浴衣の裾がぱあっと開いて、ムッチリした太ももをおろか、ベージュの下着が目に飛びこできた。

（うおお……玲子課長のパ、パンティ……）

思わずいやらしい目で見てしまったが、そんな場合ではない。

慌てて裾を直してやり、

「か、課長。ここじゃないですよ」

と、肩を揺すると、彼女はすぐに目を開けた。

「あれ？　秋人くん……」

潤んだ瞳が、魅力的だった。

肩を抱いて立たせると、ふらふらしながらもなんとか玲子は立ちあがった。

薄い浴衣の胸元を身体に感じる。

本当に心配だった。

「大丈夫ですか？　どうして今日は飲んでるんです？」

訊くと、ウフフと玲子が笑う。

アルコールの混じった甘い呼気が、鼻先をくすぐってくる。

「今日はやけに優しいじゃないの。いつもは私といるといやそうな顔をしているのに」

「え？　いや、そんな……」

否定するものの、していたと思う。

だって怖いのだから。

「ウフッ。でもまあ今日は優しくするわよね。私とエッチできそうだものね」

「えっ？」

びっくりして固まっていた隙に、玲子が柔らかな唇を押しつけてきた。

「んっ、んん……」

アルコールを含んだ呼気と、ぬらつく唾液がとろけるように甘い。

舌を入れてきたので、こちらも舌をからめてしまう。

「うぅん……」

悩ましい鼻声を漏らしつつ、玲子がちゅぱっと音を立てて唇を離して、じっと見つめてきた。

「……部屋まで送って。今なら宴会中だから、誰も来ないでしょう？」

言われて緊張が走る。

それが何を意味するか、さすがに鈍感な秋人にもわかった。

（い、いいんだ。するんだ……玲子課長と、会社の上司と……）

この先、会社でどんな関係になってしまうんだろう。

それでも今は、存分に気持ちよくなりたいという欲望が勝ってしまうのだった。

4

玲子たちの泊まっている部屋に入ると、彼女はドアの内鍵を閉めてしまった。

「誰かが探しに来ても、私が、酔って鍵をかけて寝ていたことにすればいいのよね」

玲子が手を握ってきた。

（あ、汗かいてる……）

余裕を見せているように見えて、玲子の緊張が伝わってくる。

部屋にはすでに布団が敷かれていて、それがまた淫靡な気持ちに拍車をかける。

「んんっ……」

どちらからともなく、布団の上に立って唇を重ねて抱き合った。

玲子は両手を秋人の背中にまわしてきて、密着しながら濡れた舌を差し入れてくる。

「んんっ……ううんっ……んぅ……んううっ」

息苦しくなるほど唇を強く吸い、舌をねちゃねちゃと音をさせながら、からませていく。

（た、たまらない）

じっくりと口内を舐めまわすと、玲子の長い睫毛がピクピクと瞬き、呼吸が荒くなっていく。

「んふっ……んふぅんっ……」

美人上司とのベロチューは、強烈な刺激だった。

普段顔をつき合わせ、怒られたり注意されたりしてくる上司とこうしてキスしているなんて……。

ましてや今は社員旅行の真っ最中で、大広間では今、社員たちが宴会で盛りあがっている。そんな最中に上司と抱き合うのは背徳感でいっぱいで、気分が高揚しまくっている。

玲子のしなやかな指が、秋人の浴衣の間をまさぐってきた。

「ンフッ……もう大きくしてるのね」

口づけをほどいた玲子が、甘くささやきながら、パンツの上からふくらみを撫でてくる。

「んぐっ」

秋人は驚いて腰を引く。

玲子が笑った。

「私の身体で、こんなになっているのかしら」

言われて、思わずちらりと下を見る。

浴衣の合わせ目から、白い胸の谷間が見えていた。お尻みたいに大きなふくらみに改めて目を奪われる。

「バスの中で、私にイタズラして楽しんだでしょう？　続きをしたいんでしょう？」

そんなふうに言われれば、もうだめだった。

「し、したいですっ。か、課長と……ん……んぅぅ」

またキスをされた。

(玲子課長って、キス魔なんだな……)

甘えるように抱きついて、激しく舌をからめてくる。

クチュ、クチュ、といやらしいキスの音が耳の奥でエロく響くと、さらに勃起してしまう。

「ンフッ……」

手の感触でさらに硬くなったのがわかったのだろう。

唇を重ねながら、玲子は含み笑いをして、パンツ越しにさすっていた手を、今度はその中にすべりこませてきた。

「んっ……!」

直にペニスを触られ、秋人は唇を塞がれたまま小さく呻く。

玲子の手が亀頭をゆるゆるとシゴいてくる。

「んあぁっ……」

甘い電流が下腹部に走り、もう口づけをしていられないほど震えてしまう。

さらに敏感な鈴口を指でくにくにとされた。

快感がうねりあがってきて、思わず腰をよじらせてしまう。

「ウフフ。オチン×ン、もうオツユが出てきたわよ」

玲子はイタズラっぽい笑みを見せつつ、秋人の足元にしゃがみこんだ。

パンツに手をかけると躊躇なくめくり下ろしていく。

「れ、玲子課長っ！」

勃起がバネ仕掛けの玩具のように飛び出すと、秋人は燃えるような羞恥を感じて、手で隠そうとする。

温泉に入って洗ったといえ、今はガマン汁をべとべとに垂らしているペニスだ。

それに秋人は仮性包茎なのだ。

こんなことになるなら、ちゃんと皮を剝いて洗えばよかったのに、していない。

臭くて皮を被ったチ×ポを、女上司に見られるなんて、恥ずかしくていたたまれない。

「ウフフ、可愛いオチン×ンなのね」

男根の根元に細長い指をからめつつ、玲子が指でゆっくりと皮を剝いてきた。

（くっ……え？）

いきなりだった。

玲子が勃起を咥(くわ)えこんできた。

「おお……ッ」

生温かい粘膜に敏感な性器が包まれて、秋人は立ったまま少しふらついてしまった。

魂が抜けるほど、気持ちよかった。

社内イチかもしれない美人の玲子が、自分のイチモツを口に含んでいる。その事実だけで、目眩(めまい)がするほど全身が震える。

「ウフ……おいしいわ」

そう言って、上目遣いに見あげてくる。

ゾクゾクした快楽が湧きあがる。

彼女はとろけきった女の表情のまま、ぷっくりした唇をすべらせて、根元から切っ先までをしゃぶってきた。

「くっ！」

あまりに気持ちよくて、目を閉じそうになってしまう。

さらには舌を使って、今度は裏筋をツゥーッと舐めあげてくる。ふわっとした高揚感が身体を貫いた。

「くううう、き、気持ちいいっ、か、課長っ、た、立っていられません」

「いいわよ。そのまま寝そべって」

布団の仰向けになると、秋人は思いきり脚を開かされた。四つん這いになった玲子が、大きなお尻を振りながら、

「ん……ん……ん……」

と、くぐもった声を漏らして、情熱的に唇でシゴいてくる。

(くうう……)

信じられなかった。

美貌の鬼課長が、今は、じゅるるる、じゅるっ、と大量の唾をしたたらせ、自分の勃起をおいしそうに吸っている。

三十八歳で独身とはいえ、今日のこの乱れようは、仕事への不満や愚痴だけでなく、プライベートでも寂しさを感じる何かがあったとしか思えない。

(し、しかし……玲子課長って、いやらしかったんだ……)

普段は隙を見せないデキる女である。

それが男の股ぐらに顔を寄せ、四つん這いになって部下にご奉仕しているのだから興奮しないわけにはいかなかった。

「……むふんっ」

いやらしい視線を感じたのか、玲子はおしゃぶりしながら見あげてきて、すぐに恥ずかしそうに赤くなって目を伏せた。

その恥じらう姿がたまらなく可愛らしかった。

しかもだ。

そんな可愛らしくてデキる女が、おしっこする穴まで舐めてくるのであるから刺激的すぎる。

一気に尿道が熱くなっていく。

(や……やばいっ！)

秋人は慌てて両手で玲子の肩をつかみ、ペニスから離させた。

「あんっ……どうしたの？」

「で、出ちゃいそうだったので」

「そうなの……出してもよかったのに……」

美人課長がニッコリと微笑んだ。

「そんな、だって、あんな汚いのを玲子課長の口になんか……」

「ウフフ。気にしないでいいのに」

玲子はのしかかってきて、秋人の浴衣の帯をほどいた。

そして胸元をはだけさせると、髪をすいて耳にかけてから、ねろねろと秋人の乳首を舐めはじめた。

「ああ、か、課長……」

ちろちろとよく動く舌で、乳首を舐められると、くすぐったくてたまらない。

（くうう、こそばゆいけど、き、気持ちいいっ）

見ればもう玲子の浴衣もはだけていて、ベージュのブラに包まれたふくらみがお腹のあたりに押しつけられていた。

（で、でけえ……）

ずっしりした量感に、秋人は息を呑む。

梨紗子も大きかったが、玲子はやはりそれ以上の大きさだと思う。

その視線を感じたのだろう。玲子がクスクスと笑った。

「私のおっぱい、そんなに気になる？」

浴衣の前を割り、玲子は背中に手をやって、ブラのホックを外した。

ブラカップをずらすと、ぶるんっ、と、乳房がまろび出た。

（おおお……な、なんだこりゃ……）

想像以上に、いやらしいおっぱいだった。

蘇芳色の乳輪に、薄いピンクの乳頭部は小さく陥没していた。

少し垂れ気味だったが、それがまたいやらしいのだ。

「男性社員にいやらしい目で見られているのは知ってるわ。だから、会社ではブラで押さえてるのよ。まったく、Gカップなんて肩が凝るだけで……」

「ええっ……じ、じぃ？」

秋人が驚くと、

「そうよ。あらあら、秋人くん、ヨダレが垂れそうよ」

玲子が笑うだけで、おっぱいが揺れ弾んだ。

（Gカップの女の人……いるんだ、ホントにいるんだ……）

感動していると、玲子が身体をズリ下げてきた。

何をするんだろうと思ったら、

「んしょ……」

と、自分のふくらみを両手で持ちあげて、秋人の勃起に被せてきた。

「え？」

「ウフフッ……好きなんでしょ、私のおっぱい。だったら、エッチなことに使ってあげるわね」

そう言うと、玲子は前傾しておっぱいの谷間に勃起を埋めてきた。

（えっ、ええっ！　おっ、おっぱいにチン×ンが挟まれてっ……こ、こ、これって、パ、パ、パイズリっ）

パイズリされることなんて、一生ないと思っていた。

せいぜいAVを見て、どんな感触なんだろうといやらしい想像をしていただけである。

それが、まさかのまさかだ。

女上司にパイズリされるなんて……。

（ああ、すごいっ！　むにゅ、むにゅって、おっぱいにチン×ンが押しつぶされて、なんだこの気持ちよさは……）

柔らかい熟女乳房に勃起が包まれる感触もたまらないが、何よりも見た目がすごかった。

顔ほど大きいたわわなおっぱいである。

男根がほとんど肉の房に埋まり、先だけが顔を出している。

まるで自分の性器で、おっぱいを凌辱(りょうじょく)しているみたいだ。

「ああ、こ、こんないやらしいことを、玲子課長が……」

「あんっ、いつもやってるって思わないでね。初めてなんだから……だって、すごくエッチな目で私のおっぱいを見てくるんだもの」

恥じらいつつ、玲子は双乳を左右の手で押さえてきた。

ギュウと乳肉でしぼられると、ズキズキするほどペニスが熱くたぎっていく。

「ああ……」

思わず声が出た。

手や口とはまた違った感触で、性器を責められてうっとりしてしまう。

玲子がその顔を眺めてきて、

「ウフフ……」

と、妖艶に笑いつつ、両方のおっぱいを動かして亀頭部をシゴいてきた。

(うわわわ……)

おっぱいでシゴかれる気持ちよさに、秋人は目を白黒させた。

「ううん……ううんっ……」

玲子は鼻息を弾ませて、どんどん淫らな動きで、勃起の根元から亀頭冠を強く双乳でこすってくる。

おっぱいで挟みながら、上目遣いに「どう?」と大きなアーモンドアイで見つめられると、もう今にも射精しそうなほど昂ぶってしまう。

(玲子課長に……こんなにもエッチなことされるなんて)

あふれるガマン汁と、玲子の汗が潤滑油となって、乳肉がよりいやらしくぬめって、すべっていく。

たまらなかった。

全身が震えるほど、快楽の波に溺れていく。

「やだ……なんか、すごくいやらしい気持ちになっちゃう……あっ……あん……あんっ……」

ハアハアと息を弾ませながら、玲子がさらに激しく双乳を揺り動かす。両手でおっぱいをひしゃげながら、勃起をこするスピードを速めていく。

「くうう、か、課長……たまりません」

「あんっ……私も……あんっ……秋人くんのオチン×ン、私のおっぱいの上で熱くなってるっ。あんっ……オチン×ンにおっぱいが犯されるみたいっ……あんっ……あんっ……」

相当昂ぶってきたのだろう。

「犯されてる」なんて、過激なことを口にしながら、ますます玲子はせつなげに喘いで、身をよじらせながら肉竿の表皮を乳肉で愛撫してきた。

「くうう……も、もうっ……だめです。か、課長っ、僕にも、僕にもさせてください」

フェラチオで果てそうになり、二度目のパイズリで、また果てそうだ。

もう射精ぎりぎりだった。

「いいわ。出す前にして……私も気持ちよくして……」

玲子がパイズリをやめて、ガマン汁でぬらついた乳房を揺らしつつ、仰向けになった。

浴衣はほぼ脱げていて、ベージュのパンティが丸見えだった。

腰から下のムッチリ具合が、熟女のいやらしさを醸し出している。

秋人は興奮しながら、パンティをするすると脱がし、量感たっぷりの太ももを持ちあげて、上司を卑猥なM字開脚にさせた。

（うわああ……これが……玲子課長のおま×こ……）

濃い陰毛の下に、アーモンドピンクの花びらがあった。

くにゃくにゃと淫らに縮れて、うっすら開いた亀裂はすでに愛液でぐっしょり濡れている。

ついに美人上司の恥ずかしい部分を露わにした。

そんな妙な高揚感が、秋人を包みこんでいた。

バスで並んで座ったことがきっかけで、まさか上司と部下の関係が男と女の関係になるなんて、なんという運命のイタズラなのだろう。

秋人はいやらしいおま×こに夢中になり、親指と人差し指でワレ目をぐっと広げて奥を覗きこんだ。

「はあああっ……」

広げられたことを恥じたのだろう。

玲子はあられもない声を漏らして、顔をそむけた。

その恥じらい顔を眺めつつ、広げた部分にも目をやった。

(すごいな……熟女のおま×こって……見た目も匂いも……)

薄ピンクの肉の襞がいくつも重なって、それがひくひくとうごめきながら匂い立つ蜜をしたたらせている。

妖しげな熱気とともに、濃厚な牝の匂いを孕んでいた。

まるで獣のような生臭さだ。

「ああ、玲子課長ってこんなエッチな匂いをさせるんですね」

「い、言わないでッ……あん、いいわよ、もう言うわ。エッチなのっ……私、ホントはすごくエッチな女なの」

デキる女は、男に媚びる可愛らしい一面がある。

秋人はそれを愛しいと思いつつ、吸い寄せられるように舌を伸ばした。開ききった内部にある赤い果肉をねろーっと舐めると、

「ぁああ……あああっ……」

玲子は気持ちよさそうにのけぞり脚を震わせる。

味は強く、舐めるとぴりっとした酸味がある。

キツい味だけど、なんだか無性に舐めたくなるいやらしい味だ。

じっくりと舐めしゃぶっていきつつも、続けざま舌を窄(すぼ)め、女肉の上部の陰核を軽くつついた。

「ああっ……！」

玲子の腰がビクッと大きく震えた。

大きな乳房が揺れ弾み、牝の匂いがよりムンと強くなる。

舐めれば舐めるほど、激しく乱れていく玲子を見ていると、秋人にも自信が湧

いてくる。

さらに小さなクリトリスを口に含み、じゅるっと吸い出すと、

「あっ……あっ……そこだめっ……」

いよいよ玲子が泣きそうな顔でこちらを見てきた。

首筋から耳までをピンクに染め、全身が汗まみれで、それでいて甘酸っぱい匂いをさせている。

そんな女上司を愛おしいと思い、さらに舐め続けたときだった。

5

「あんっ……ねえ……ちょうだい」

玲子がハアハアと息を弾ませながら、いよいよすがるような目をしてきた。

「ちょうだい」と言うのは、当然アレのことだろう。

「い、入れますよ。いいんですね」

秋人が尋ねると、玲子は少し逡巡してから、小さく頷いた。

「あんっ……だって……もうガマンできないのよ……」

言う通り、女上司の顔は欲情しきっていた。

もちろん秋人だって、一刻も早くこのまま突き入れて、玲子を味わい尽くして射精したかった。

だけど、あの怖いクールビューティの鬼課長が、こんなに可愛らしく欲しがっているのを見ていると、ただではだめだ。

鬱憤を晴らしたくなってきた。

「欲しいんでしたら、ちゃんとおねだりしてください」

「えっ？」

玲子がわずかに眉を寄せて睨んでくる

「あん……キミが、こんなにいやらしいなんてね。普段の仕返しなのかしら」

皮肉めいて言うも、玲子はすぐに媚びいった表情をして、

「私に言わせたいのね……ウフフ。いいわ。ねえ、入れて……オチン×ン、ちょうだい」

瞳がじんわりと潤みきっていた。

ますます、いじめたくなってくる。

「じゃあ、課長……その……四つん這いになってお尻を向けてください」

秋人が思いきって言うと、玲子は大きな目を開いた。

「……いきなり後ろからなの？」

「だめですか？」

尋ねると、玲子は色っぽく目を細めた。

「……いじわるね」

拗ねたように言いつつも、女上司は四つん這いになって尻を向けてきた。

（おおっ）

しなやかな背から、ウエストが急激にくびれ、そこからむちっとした双尻へと続いている。

（すげえな、玲子課長……すげえお尻だ……）

秋人は猛烈に昂ぶった。

逆ハート型のむっちりしたヒップは、大きく横に張り出して、凄まじい量感を伝えてくる。

パイズリでおっぱいを楽しんだから、今度はお尻を楽しみたかったのだが、バックからというのは、正解だったかもしれない。

あせる気持ちを制しつつも、勃起を女の狭間に押しつけた。

無花果（いちじく）を割ったような、ぐっしょり濡れた女の肉の中に小さな穴がある。

それを肉の先で押し広げていくと、

「ああああ……！」

玲子が四つん這いの背をしならせながら、大きく吠えた。

入っている。

間違いなく挿入している。

（玲子課長の中に、僕のチン×ンが……くううっ……ホ、ホントに玲子課長とひとつになれたんだ）

なんだかよくわからない歓喜が襲ってきた。

ぬかるみは熱く、突き入れた切っ先がとろけそうなほど気持ちがいい。

熱い潤みがあふれ、女肉からこぼれ落ちている。

腰をもって玲子の奥までを貫くと、自分が獣の雄（おす）になったように興奮が募り、鬼上司をさらに犯したくなった。

「あああっ……あっ……あっ……だめ、いやっ、いきなりっ……お、奥に、奥に当たってる……」

玲子が焦った声をあげた。

たしかに奥を突いている感覚があった。

自分のモノが大きいのか、それとも玲子の膣が浅いのか。

わからないが、気持ちよかった。

もっと気持ちよくなりたいと、秋人は玲子の細い腰を持って、パンパン、パンパンと連打を送りこむ。

いきなりフルピッチで突くと、玲子は肩越しに困惑した顔を見せてきた。

「ねえ、お、お、奥まで……奥まできてるのよっ……ああん、だめっ……声が、あっ、ああっ……！」

クールビューティのデキる女がバックから犯されて、その表情に妖しい被虐性をムンムンと携えている。

たまらなかった。

秋人は歯を食いしばり、さらに突き入れる。

「い、いやあああっ……そんなにしたら、もう、き、きちゃう……ああん、きちゃうッ！」

玲子がヒップをくねくね揺らし、いよいよ獣じみた声を出しはじめた。

（くうう、な、なんだこれ……）

腰をぶつけると返ってくる尻の弾力もすごいが、それより驚いたのは膣の締めつけが異常に強いことだ。

「ああ、玲子課長……課長ぉ……」

気持ちよすぎて、うわごとのように叫びながらバックから貫いた。

「ああああんっ……あんっ……」

玲子の泣き叫ぶ声に、切羽つまったような音色が混ざる。

ぬちゃ、ぬちゃっ、と粘っこい淫汁の音が激しくなっていく。

「あああん、あああん、だめぇぇ、おかしくなるっ、イクッ……イクからあ……いやっ、いやああ」

「イッてくださいっ……イッて……玲子課長……」

(ああ、でも、こっちも出そうだ……)

でも、玲子をイカせたかった。

秋人は射精の欲望をなんとかやりすごしながら、突きこんだ。

遮二無二連打を続けると、

「ああああッ、だめっ、あああッ、イクッ、あああん、イッちゃううう！」

悩ましい声を漏らしてから、女上司がググッと激しくのけぞった。

四つん這いのまま、腰をガクンガクンと淫らに痙攣させる。その動きに呼応して、玲子の膣がキュッと包みこんできた。いきなり射精したくなった。

「出るっ……あっ、出る……くううう」

あっ、と思ったときにはもう、どうにもできずに膣奥に熱いモノをしぶかせていた。

「す、すみませんっ、課長」

叫びつつも、膣内射精はとまらなかった。

「あんっ、すごいっ……いいのっ、熱いのいっぱい出して……ああんっ」

玲子は中出しを受け、それが興奮を誘うのか、さらに下腹部を震わせる。

「くうう……」

秋人は震えながらも、最後の一滴までも上司に注ぎこんだ。

してはいけない行為だったかもしれない。

だけど玲子は望んでいたのだ。

玲子が目を閉じてうっとりしているのを見て、これでよかったんだろうと秋人は自分を納得させるのだった。

# 第四章　人妻バスガイドは元カノ

## 1

美しい上司と身体を重ねるという、夢のような体験をしたあとのこと。

怪しまれないようにと、別々に宴会に戻った秋人だったが、当然ながら玲子のことが気になって仕方がなかった。

だが、宴会の途中で何度もチラチラ見ていても、玲子は特に何もなかったように同僚の女性たちと楽しく話している。

その様子からは何かがふっきれたように見えた。

口にはしなかったが、仕事以外にもどうやらプライベートで何かがあったようだった。

その寂しさを埋められたのだとしたら、よかったと思う。もちろん社内ナンバーワンとも言われる美人とセックスできたという僥倖（ぎょうこう）もある。

宴会の終わりで部屋に戻るときだ。玲子が寄ってきて、

「ありがとう」

と言った。

「い、いえっ、そんなこっちこそ……」

楽しい思いができましたとは、さすがに言えなかった。

「でも社員旅行が終わったら、会社ではビシビシいくからね」

「えっ、は、はい……っ」

よかった。

そう言ってくれて、ホッとした。

鬼上司に戻ると告げられても、以前のようないやな気持ちはない。

デキる女でも、いろいろ悩んでいるし、部下のことも考えてくれている。それがわかっただけでもよかったと思う。

「そっちも頑張りなさいよ」

「え？」

「バスの中でも言ってたじゃないの。好きな子ができたからって。ちゃんと思いを伝えてあげなさいよ」

梨紗子のことだ。

まだ告白どころか、連絡もしていなかった。

彼氏と復縁していたら……とか、あれは単なる気の迷いだとか、そんなふうに言われたらどうしようと怖くて、へたれていたのだ。

「頑張ってね」

玲子に言われて、ちゃんと連絡しようと秋人は心に決めた。

「ありがとうございます。アドバイスまで……」

「だって、悩まれて仕事に支障をきたすのは困るでしょう?」

そう言って、玲子は別の女性たちと一緒に部屋に戻っていくのだった。


翌日。

その日は貸し切りバスで、金沢の観光地をまわることになっていた。

といっても、希望者のみで、しかも昨日の宴会で二日酔いの同僚たちもいるそうだから、観光地に行くのは半分の二十人ほどである。

秋人も観光地をまわることにした。

今度またひとり旅をするとき、参考にしようと思ったのだ。めぼしい場所をチェックしておいて、その後にゆっくりひとりで来ることにしよう。

玄関を出ると、貸し切りの団体バスを迎え入れるための広い車寄せがあり、そこに何台かのバスが停まっていた。

みなで自分たちの会社の名前が書かれたバスに向かう。

するとバスの前で、昨日とは違うバスガイドの女性が、にこやかに微笑んで頭を下げていた。

「S丸株式会社様ですね。本日はよろしくお願いいたします」

涼やかな声のバスガイドは、昨日のおばさんとは違ってずいぶん若い。

若くて美人が着ているからか、そのとき初めてバスガイドの制服が可愛いと気づいた。

リボンのついた半球型の紺の帽子に、ピンクのジャケット。

濃紺のタイトミニスカートと白手袋、さらに首に巻いたピンクのスカーフが、気品ある美しさを際立たせている。

(へえ……いいな、バスガイドって)

なんとなく学生時代の旅行でのバスガイドを思い出す。

みんなが熱をあげるほど、可愛いバスガイドがいたからだ。

だが、今日担当してくれるバスガイドもなかなかキュートだ。

小柄だがスタイルは抜群によく……。

そのときだった。

そのバスガイドと目が合うと、秋人はハッとなった。

（ほ、穂乃花……！）

まさかと思ったが間違いようがなかった。

大学時代につき合っていた彼女、富田穂乃花だ。

地元に戻って旅行会社に勤めるとか言っていた記憶がある。そうか、地元というのは北陸だったのだ。

彼女も秋人の顔を見て、すぐにわかったようだった。

今までの可愛らしい笑みが強張ったままで、秋人を見ていた。

「……秋人、くん」

「ほ、穂乃花」

大学の頃、半年という短い期間だがつき合っていた。

その彼女がバスガイドになっていて、まさか自分をアテンドしてくれるなんて夢にも思わなかった。なんという偶然だろう。

会うのは七年ぶりぐらいか。連絡もとっていないし、どこにいるかも詳しくは知らなかった。

背後から同僚がおどけて訊いてきた。

「祖堅さあ、この美人のバスガイドさんと知り合いなのかよ」

「あ、ああ……大学の同級生」

もちろん彼女だったとは言わなかった。

他の男たちも寄ってきて、

「祖堅と知り合いなんだって」

「へぇえ。すげえ偶然」

と、口々に言いながら、穂乃花をちらちらと見て色目を飛ばしながら、みなバスに乗りこんでいく。

秋人も穂乃花に「じゃあ」とだけ告げてバスに乗りこんだ。

(なんで今さら……穂乃花に会うなんて……)

思い出したくもない淀んだ気持ちが、七年経って今、甦ってきた。

というのも、秋人が女性不信になった原因をつくったのは穂乃花だった。

秋人は穂乃花から離れるために、後ろの席に座る。

しばらくして、バスガイドの穂乃花がマイクを持って前に立った。

「みなさま、おはようございます。本日はＳ越旅行会社をご利用いただき、誠にありがとうございます。それでは出発いたします」

マイクを通して聞こえる声は、アナウンサーのようにしっかりとして、落ち着いていた。昔のきゃぴきゃぴした感じとはまるで違う雰囲気だ。二十八歳なら、すでにバスガイドとしてはベテランなのかもしれない。

「みなさまのおともをさせていただくドライバーは、国里努。ガイドを務めます私は、小森穂乃花と申します」

えっ、と思った。

名字が以前と違うということは、結婚したのだろう。

（今は人妻か……）

人妻と言われれば、腰つきがなんだか悩ましく見えてしまう。左手には指輪はないようだ。

「おい、祖堅。可愛いじゃねえかよ。おまえの同級生」

反対側の席から同僚が尋ねてきた。

「バスガイドの制服姿がたまらん。あとで紹介してくれよ」

たしかに穂乃花の制服姿は可愛らしかった。

いや、もともと穂乃花は大学でも人気があった可愛らしい子だった。

丸くて黒目がちで、目尻がキュッと上がった猫のような瞳。

すっと通った鼻筋と上品な薄い唇。

あの頃はあどけない童顔だったが、今は、そのままの愛らしさに加えて人妻の色香を振りまいている。

人妻なのに清楚な雰囲気があるのは、制服効果だろうか。

(よくまあ、これほどの可愛い子とつき合えたな)

つき合うきっかけは、ちょっとしたことだった。

同じサークルに入ったときから、穂乃花のことは「可愛い」と感じてはいたのだが、所詮は高嶺の花だと思っていた。

そんなさ中だ。

サークルの飲み会でくだらないゲームをして、彼女が負けてしまって秋人にキスをすることになった。

大学時代も秋人は女性にウケがよくなかった。

そのため穂乃花が秋人にキスするというのは、まわりから見たら罰ゲーム的な雰囲気で、サークルの女の子たちは気の毒そうな顔をしていた。

（恥ずかしいな。早く終わってくれよ）

どうせキスをするふりで、終わりだと思っていた。

ところがだ。

穂乃花は軽くだけど、唇にキスしてきたのだ。

経験一回のほぼ童貞だった秋人は、これを機に穂乃花に夢中になってしまった。

「つき合ってほしい」

と言ったのは、サークルでスノーボードに行ったときだ。

そのサークルは季節ごとに違ったスポーツをするという、典型的な大学生の軽いノリの集まりで、夏はマリンスポーツ、冬はスノボだった。

秋人は子どもの頃、新潟にいたから少しはすべれるのだが、それが格好良く見えたのか、なんとなく穂乃花からＯＫをもらった。

有頂天だった。

そのときから生活のすべては彼女になった。

大げさでなく、四六時中、彼女のことを考えていたくらいである。

そんな彼女と初めてセックスしたのは自分のアパートだった。

あまりに緊張しすぎて、実は今でもそのときの記憶が曖昧である。

とにかく自分の欲望は抑えて、彼女に満足してもらおうと必死だったことだけは覚えている。

そのセックスが、よくなかったのだろう。

彼女を抱いたのはその一回きりだ。

あとはずっとはぐらかされて、なんとなくつき合っていた感じである。

一度思いきって「なぜいやなのか」と尋ねたことがあった。

そのときの穂乃花は「セックスがあまり好きではない」と口にしていたのである。

だが結論から言うと、他にも相手がいたからだ。

彼女は、秋人と仲の良かった大学の先輩とずっと二股していて、そっちが本命だった。

しかも、である。

その二股を秋人に口止めさせるために先輩と共謀し、秋人が勝手に「恋人」と言っているだけとふれまわり、サークルの人間から罵詈雑言を浴びまくった。

もちろんサークルをやめたのだが、その後の一年間は本当につらい大学生活だった。

そのときは本当に落ちこんだ。

それからだ。

女性というものが怖くなって、もとより奥手だったのが、さらに疑心暗鬼も加わって女性不信がひどくなってしまったのである。

## 2

観光バスは金沢城跡地の公園、そしてひがし茶屋街（ちゃやまち）をまわって、近江町市場（おうみちょういちば）に到着した。

近江町市場は、狭い路地に海の幸や地元産の野菜などを売る店舗がぎっしりと並んでおり、たくさんの観光客で賑わう人気スポットである。

市場では一時間ほど自由行動となった。

全員が土産を買おうと話ながら、和気藹々（わきあいあい）とバスを降りていく。

秋人が最後に降りようとしたときだ。

ちょうど穂乃花が乗ってきた。

彼女はきょろきょろしてから、秋人を無人のバスの最後尾に行くようにうながしてから話しはじめた。

「まさか秋人くんが乗ってくるなんて……すごい偶然」

彼女が、ぎこちなく笑った。

バスガイドの制服を着た彼女はかなり可愛いので、初めて会った気分になってしまう。

「こっちもびっくりしたよ。そっか、穂乃花の地元って、こっちだったんだって思ったよ」

穏やかに同級生と話そうという体だった。

なのに、どうも動揺して顔が強張ってしまう。

その表情を感じ取ったのだろう。

穂乃花も笑うのをやめて、伏し目がちに訊いてきた。

「怒ってる……わよね、もちろん」

秋人は「おっ?」と思った。

まさか彼女から、学生時代のことを切り出されるとは思わなかった。

「それは……もちろん。穂乃花にとっては単なる遊びだっただろうけど、僕は真剣だったからな」

乾いた笑いを見せつつ、言いたかったことを告げると、穂乃花はつらそうな顔をした。

「そんな、あなたのことを遊びだなんて」

「いいんだよ、今さら別に。言い訳なんてしなくてもさ」

ちょっとムキになって言い返した。

そのときに、秋人は「ああ、そうか」と思った。

おそらく穂乃花は、自分の過去を正当化したいのだろう。

二股はかけたが、それは若気の至りであり、そんなにひどいことをしたわけではないと、記憶を上書きしたいのだ。

それには、その相手……つまり秋人が、

《もういいんだ。過ぎたことだ》

と、言わなければならない。

穂乃花は秋人の口から、そう言わせたいのだ。

だから、声をかけてきたんだろう。

(僕がここで許せば、穂乃花はラクになるのかな)

自分の歩んできた人生を、くもりのないものにしたいのか。

それとも、結婚したから過去を清算したいのか。

わからないが、いずれにせよ卑怯だと思った。

穂乃花は少し逡巡してから、真っ直ぐに秋人を見つめてきた。

「遊びなんかじゃないわ」

「そうじゃなかったら、なんで僕と一番仲のいい浜中先輩と二股なんかかけたのさ」

「それは……」

彼女は言葉を切って、また顔をそむけた。

白い手袋をしたバスガイド姿の穂乃花を改めて見ると、やはり品があって可愛らしいと思った。

と、同時に欲情を覚えた。

胸のふくらみは人妻になった今のほうが大きそうだ。

腰は細いが、あのときよりも全体に丸みを帯びて、いやらしい身体つきになったのは間違いない。

「それは、あなたが物足りなかったからよ」

「え？」

ふいを突かれた言葉だった。

穂乃花は背筋を伸ばして、真っ直ぐにこちらを見た。

「物足りなかったの……その……あなたが優しすぎたから」

意外なことを言われた。

彼女は続ける。

「あなたは、私のことを抱きたいって思っているくせに、私がちょっとでもいやだと言ったら何もしてこない。しばらく忙しくて会えないと言ったら、わかったって物わかりのいいフリして、ずっと連絡してこないし」

「それは、だって……そう言われたら、そうするよ」

「ホントに好きだったら、ちょっとでも会いたいって、言われても来てくれると思ってた。抱きたいなら強引に迫ってくるとか……私は、そういうのを期待してたのよ」

「なんだよ、それ……」

ますますわけがわからなかった。

（僕のせいなのか？）

今は会えない、と言われれば、それに忠実でいようと思った。

会いたくて、会いたくて、会いたかったけれど、余裕があるところを見せた方がスマートだと、インターネットに書いてあったことを鵜呑みにしたのだ。

「だったら、そう言えばよかったのに」

「そのときは言えなかったのよ。今みたいにはっきりとは……」

「じゃあ、別れたいと言えばよかったじゃないか！　二股なんかかけて、しかもそれを浜中さんと陰で笑ってたって」

「それは……それは、申し訳ないと思ってる。いろいろ彼に相談していたら、そんな関係になってしまって……」

「それで自分が悪者になりたくなくて、僕がしつこいとか言ったんだよね」

「…………」

さすがに図星だったようだ。

何を言っても、結局はそうだ。自分が可愛いのだ。

「今さらだよ。そのせいで僕は女性不信になったんだから」

言うと、彼女はつらそうな顔をした。

でも、それも演技なのかもしれないな。そう思うくらいに穂乃花のことはもう信じられなかった。

「……謝るわ」

「謝るだけなの？」

秋人が皮肉をこめて言うと、穂乃花は意外そうな顔をした。

「あなたがそんなふうに言うとは思わなかった。変わったのかな……いいわ。私でできることなら、なんでもするけど」

穂乃花は哀しげな表情を見せてくる。

秋人はその様子を見て、いけないと思うのに興奮してしまった。

「じゃあさ、窓のところに両の手を突いて。こっちにお尻を向けるように」

するりと言葉が出た。

彼女は「え？」と訝しんだ顔をする。

「今？　何を言ってるのよ。私に何をさせる気？」

「早く」

声を荒げると、穂乃花は大きな瞳を不安げに歪めて狼狽えた。

物足りないなら……強引にして欲しかったというなら……だったら今ここで抑圧されてきた欲望を一気に爆発させてみたくなった。

「そのバスガイドの制服姿が、いいなって思ったんだよ」

「え？」

穂乃花はそこで、何をする気かわかったようだ。

目を細めて、秋人を見てくる。

「……冗談はやめて。今は勤務中なんだから。それに私、結婚してるのよ」

「名字が違ったから、結婚したのは知ってるよ。でも二股かけてたんだから、別に問題ないでしょ？」

言い放つと、彼女はムッとして睨んできた。

だがそれも一瞬のことだ。

「……わかったわよ。誰かが戻ってくるかもしれないから、早くすませて」

美貌がこれ以上ないくらいに強張っていた。

穂乃花はもう話したくないというふうに、ちらりと軽蔑するような目を秋人に向けてから、窓のカーテンを閉めてそこに白い手袋の両手を突いた。

（おお！）

背中をそらしてヒップを向けてきたから、濃紺のタイトスカートをピチピチに張りつかせた双尻が、こちらに迫ってきた。

細い腰からぶわんと横にふくれる女王蜂のような迫力のヒップ。

（穂乃花って、お尻が大きかったっけ？）

年齢を重ねて人妻となった女の尻は、震いつきたくなるほど肉感的で、何度も生唾を飲みこんでしまう。

しかもだ。

ひかえめな長さのタイトミニは、前に屈んでいるからまくれあがって、ストッキングに包まれた太ももから膝裏、そしてすらりとしたふくらはぎを見せつけてきていた。色っぽい脚だった。

リボンのついた半球型の紺の帽子に、薄ピンクのジャケット。

さらに首に巻いたピンクのスカーフに白手袋といった気品あるアイテムを身につけたバスガイドが、無防備でこちらにお尻を向けている。

「いやよ、こんな格好（かっこう）……早くしてよ」

躊躇していると、穂乃花が肩越しに振り向いてきた。

なんでもないというふうに冷静さを見せているが、恥ずかしそうに目の下がねっとりと赤らんでいる。

（ようし、やってやるっ）

若い頃にできなかった欲望をまといつつ、秋人は人妻バスガイドを背後から抱きしめ、白いブラウスの上から胸のふくらみを鷲づかみした。

やわやわと揉みしだくと、

「うっ……」

両手をカーテンの閉まった窓に押しつけながら、穂乃花はくぐもった声を漏らした。

いやがるというふうではなく、顔を下に向けてガマンしているようだった。

背後から、強く揉みしだくと、

「あふん……あああんっ……」

と、先ほどまでの明るいバスガイドの営業スマイルとは打って変わって、甘ったるい声で身体を震わせる。

肩越しにこちらを見る目には、恥じらいの中に欲情を孕んでいた。

(くうう、エロいっ。待てよ、この反応……もしかして、強引にされるのが好きなのかな……？)

背後から抱きしめつつ、その美貌に顔を近づける。

「あっ……だめっ……」

穂乃花はそう言いつつも、唇を重ねても逃げるどころか、積極的に舌を差し出してきて、

「ううんっ……」

と、鼻にかかった声を漏らしつつ、舌をからめてくる。

(勤務時間中に、しかもバスガイドの制服のままなのに……)

これを見られたら、彼女もクビになるかもしれないし、ましてや旦那にバレたら大変なことになる。

なのに、楽しんでいる。

(やっぱりだ。この子は根っからの浮気性なんだっ)

だったらと罪の意識も軽くなり、秋人も激しく舌を動かした。

「んふっ……んんうっ……」

何度も角度を変えると、口紅の甘い味と化粧品の匂いがした。

ぬらぬらと舌をもつれ合わせていると、くちゅくちゅと唾の音が立つ。

秋人は長年の思いの丈をぶつけるように、遠慮なしに穂乃花の口腔を舌で舐めて舐めて、舐めまわしてやる。

するとだ。

穂乃花のタイトスカートのヒップがうねり、秋人の股間に押しつけてきたから驚いた。

「うくっ……」

勃起しているところに、柔らかな尻の感触だ。

たまらなくなって腰を引き、キスをほどく。

「いやらしいな。いつ誰が戻ってくるかもわからないのに、お尻を振ってくるなんて……」

「そんなことしてないわ。早く終わらせてって言ってるのよ」

白手袋の両手を突いたバスガイドは、怒った顔でふんと鼻をそらす。

「あんなに情熱的なキスをしてきたのに、早く終わらせて、なの？」

いじわるく言うと、穂乃花は頬を赤く染めて、肩越しに睨んできた。

「秋人くんがそんなこと言うなんて……やっぱり変わったわね」

「そんなことないよ。ほら、窓に両手を突いて離さないで」

「わかってるわよ」

穂乃花は素直に両手を突いて、無防備な背後を見せる。

ピンク色のタイトなジャケットを着た背中のS字ラインは、女性にしか出せない色っぽさだ。

そこから肥大化したヒップが突き出されている。

（くうう、色っぽくなったな。バスガイドを後ろから犯すなんて……）

一番後ろの座席とはいえ、誰かが帰ってきたら即座に見えてしまうだろう。

そんなスリルを感じつつ、秋人は思いきって穂乃花のタイトスカートをたくしあげた。

「あっ、やんっ……ちょっと……ホントにするの？」

穂乃花は恥じらい、右手でスカートを下ろそうとするものの、その手はおかまいなしにスカートを腰まで一気にめくりあげてやる。

（おおうっ……で、でかっ……）

まろやかなヒップが丸出しになる。

パンスト越しに見える下着は、レースの縁取りのあるローズピンクだ。

ジャケットと同じ色のパンティというのが、やけに興奮を煽る。

若くてキレイなバスガイドとエッチする。

今、それを叶えようとしているのだと思うと、震えるほどの興奮が秋人の中に襲ってきていた。

「あん、恥ずかしいっ……」

バスガイドの穂乃花が羞恥に身震いし、尻を振りながら甘い吐息を漏らす。

「恥ずかしい？　ジャケットとおそろいの色のパンティだなんて。お洒落じゃないか？　誰かに見せるの？」

「ち、違うわよ。いじわる言わないで。たまたまよ、ああんっ……」

パンティ越しの双尻を撫でると、穂乃花は早くも甘ったるい吐息を漏らし、腰をくねらせはじめた。

（いやがってるなんて、ウソだよな……やっぱり、この子はこういう性癖があるんだ）

浮気癖もあり、アブノーマルなところがある。

そんな女性ならもう遠慮はいらないと、震える手で下着を剝きにかかる。

パンストとパンティに手をかけて、桃の薄皮を剝くように丸めながらズリ下ろしていく。

まばゆいばかりの真っ白なヒップが、ぷりんっと露わになってきた。

「ああんっ、いやあっ……」

両手を前に突き出しながら、穂乃花が腰をくねらせる。

（す、すごい……真っ白で、つるんとした可愛いお尻っ）

太ももまで下着を下ろして、尻のワレ目もすべて露出させると、丸々としていて、目を見張るような大きさのヒップが目の前に現れた。ゆで卵のような美しい尻肌がムッチリと張りつめて、小気味よくツンと盛りあがっている。

「くうう、いい尻じゃないかよ……」

これほどまでの極上のヒップだったのかと、気持ちを言葉にしながら、秋人は気がつけば穂乃花の双丘に頬ずりしていた。

そうしながら、生尻に指を食いこませる。

なめらかな尻肌に、ぷにぷにとした揉み心地だ。

揉むだけではもちろん飽き足らず、鼻先を尻割れの奥に近づけて、背後からヒップの狭間や女のスジを舐めようとした。

「あっ、あんっ……いやあっ」

穂乃花が恥辱（ちじょく）の声を漏らしたのは、もうすでに尻割れの奥から透明な愛液がしとどにあふれていたからだろう。

「バスガイドが、仕事中にとろとろに濡らして……」

「い、言わないでっ……違うわよっ。だって、ああん、いやらしいことするから、秋人くんが」

桃割れの奥からは、ムンムンと発情した生臭さが匂ってくる。

秋人は柔らかな肉の狭間に右手を伸ばし、さらに花びらを剝き開いて見れば、ピンクの襞はぐっしょりと蜜で濡れていた。

(あの一回のとき、こんなに濡れてなかったよな……)

今は人妻で、いろいろ身体を開発されたのだと思うが、やはりこういうスリルを感じることで、彼女は濡らしてしまうのだろう。

匂い立つおま×この具合を見ようと、軽く触れたときだ。

「ああぁっ！」

穂乃花が恥じらいの声をあげる。

亀裂に触れた指に、しっとりと蜜がまとわりついた。

「すごい、ちょっと触っただけで、濡れて……」

興奮して中指を押しこむと、膣穴にぬるりと嵌まっていく。

「……ンンッ！」

穂乃花は声を漏らしそうになったのか、白手袋の手で口元を隠す。

（これだけで感じるのか？）

入れた指をわずかに抜き差しすると、穂乃花は恥ずかしそうに身をくねらせながらも、窓に手を突いたまま尻を突き出してくる。

「あっ、ンンっ……いやあああっ……ンンッ」

いやと言いつつも、脚は開いたままだ。

さらに指をゆったりと出し入れさせると、熱い媚肉がもの欲しそうに秋人の指を食いしめてくる。

「いや、いや」

と言いつつも、彼女はヒップを揺すり立て、尻丘はますます女らしい丸みを帯びて、いやらしい匂いを発してくる。

膣奥で指を曲げ、こりこりした天井をこすると、

「はああんっ……ああんっ……ああっ……」

穂乃花はぶるぶると震えて、手で窓を引っかくような痴態を見せはじめる。

肩越しに見せる美貌が実にセクシーだった。

せつなそうに眉をひそめて、目の下を真っ赤にして、口を半開きでハアハアと喘いでいる。

（やばい状況なのに、欲しがっているんだ……）

もっと反応させたいと思ったときだった。

3

「あん、待って……」

穂乃花が首を横に振ってきた。

「えっ？」

秋人は指の攪拌をやめて、バスの中を見渡した。

「誰も帰ってきてない」

「違うのよ」

そのときだ。

かすかに人の声がした。

（ん？　どこからの声だ？　外か？）

カーテンの隙間から見てみると、ちょうど隣にも観光バスが停まっていて、人が降りてきているところだった。

「今はだめよ……声が向こうに聞こえちゃう」

おそらく穂乃花の言う通りだろう。

外からの声が耳に届くなら、中の声も外に届いてしまうかもしれない。

もしここで穂乃花がよがり声を出したりしたら、外の観光客はこのカーテンの隙間を見てくるに違いない。

「カーテン閉めてるから。ちょっと見えるだけだよ」

「そうだけど、だめっ。見られちゃったら恥ずかしいよ。当たり前でしょ」

そう言いつつも、穂乃花のヒップはくねっていて、指を入れている膣穴の奥から新鮮な蜜があふれてくる。

(あれれ？　見られるのも興奮するのか……そ、それじゃあ……)

秋人は思いきって穂乃花の尻奥から指を抜き、背後から穂乃花のブラウスのボタンを外しにかかる。

「え……ちょっ、ちょっと……何？」

戸惑いの言葉を口にする穂乃花のブラウスの前を大きくはだけ、さらにローズピンクのブラジャーのカップをズリあげる。

「あんっ……」

ぷるるんっ、と、プリンのようにこぼれ出た穂乃花の白い乳房が、窓ガラスに反射して写り、秋人は目を見張った。

(こんな、大きかったっけ?)

ツンとして、下乳の丸みがかなり大きい。

薄ピンクの乳輪は小さめで、ため息が出るほど美しいおっぱいだった。

「やんっ……だめだってばっ」

穂乃花が慌てて、カーテンの隙間を閉じようと手を伸ばした。

「ウソだ。ホントは見られるほうが興奮するんだろ」

秋人は穂乃花のその白手袋の手をつかみ、もう一度ガラス窓に手のひらを突くように上から押さえつけつつ、さらに左手で露わになった乳房を揉みしだいた。

「あん、だめっ……見られたら恥ずかしいに決まってるでしょ、ンンンっ」

穂乃花はそう言いつつも、声が出るようだった。右手で自分の口元を隠してやりすごそうとする。

バスの外からの家族の声が、まだ聞こえていた。

隙間から見ると、すぐそばに何人かがいて談笑している。

(くうう……人がいるところでエッチなことしてる。しかもバスガイド相手に。

ス、スリルがたまらないよ）

穂乃花のおっぱいの揉み心地もいいが、それに加えて、見られてしまうかもしれないという危うさが興奮を募ってくる。

秋人はハアハアと息を荒げつつ、背後から手を伸ばして、さらに力を入れて、穂乃花のたわわなふくらみを揉みしだく。

ガラスを見ると、量感あふれる乳房が秋人の手の中で、形をひしゃげ、さらには乳首が肥大化していく。

手のひらで乳房を包むと、乳首が尖ってきたのをはっきり感じた。

「あんっ……あっ……だめっ……見えちゃう……あっ、あっ……」

穂乃花が、いやいやするように首を振る。

美乳を下からすくいあげるように、たぷっ、たぷっ、と弄んでから、突起を指腹で押さえて、くにっ、と転がした。

「ぁああん……ダメッ、あっ、あっ……」

穂乃花はのけぞり、

「あん、あん……だめぇ……ああんっ」

と、困ったような顔を向けてくる。

だが乳首はカチカチだ。

「恥ずかしいなんて言って、やっぱり楽しんでるんじゃない？　乳首がすごく硬くなってきたよ。いやらしいな」

いよいよ調子に乗って煽ると、穂乃花は肩越しに泣き顔を見せてくる。

「はあん……いじわるっ……昔と全然違うのね、ああんっ」

硬くなった乳首を後ろからつまめば、穂乃花はビクッ、ビクッ、と身体を震わせて、尻をさらに突き出してくる。

「あんっ、だめっ、だめえっ」

肩越しに向けてくる顔は欲情しきっている。さらに指で乳首を強く捏ねれば、

「ああ、お願い……もう……」

バスガイド姿で、穂乃花が潤んだ瞳を向けてくる。

「もうって？」

と、耳元でささやくと、

「は、早く……入れて、お願いっ」

と、穂乃花はせがむような顔を見せてきた。

もっといじわるくしてやろうと思ったが、秋人も辛抱できなくなっていた。

ベルトを外し、ズボンとパンツを下ろして、男根を尻奥にあてがうと、

「あぁっ……」

穂乃花は愉悦の声を漏らして、挿入しやすいようにさらに尻を向けてくる。

秋人は震えた。

リボンのついた半球型の紺の帽子に、薄ピンクのジャケット。

白手袋、さらに首に巻いたピンクのスカーフ……。

そんな可愛い人妻バスガイドが、おっぱいをさらけ出し、下半身はすっぽんぽんのまま、

「入れて」

と、尻を振っておねだりしてくるのだ。

それはもう入れるしかない。

秋人は少し腰を落とし、立ちバックで穂乃花の熱い花唇を貫いた。

「アァ……！」

穂乃花が頭をあげ、せつなそうにため息を漏らす。

（くうう……すごい）

中はすでにぐちゃぐちゃで、膣肉は待ちかねたように、秋人のペニスを包み込

むのだった。

## 4

「あっ……あああ……っ……恥ずかしいっ」

穂乃花は感じた声を出しつつ、立ちバックで犯されながらも、カーテンの隙間を塞ごうと再び手を伸ばす。

（ホントは、ハラハラしながら楽しんでるくせに……ようし……）

もっといじめたくなり、秋人は強引に窓のカーテンを全開にしてやった。

「ちょっ！　ちょっとだめっ……！」

穂乃花が慌ててカーテンを閉じようとするも、その手を窓に押しつけて、背後から激しく突き入れる。

「だめっ、閉めてっ！　……カーテン閉めてようっ」

窓の下に親子が歩いているのが見えた。

向こうからは気づいていないが、ちょっと顔をあげればすぐに窓に両手を突いた美人バスガイドがバックから犯されている絵を拝めるだろう。

「いやっ……だめっ……ああんっ……」

穂乃花は顔を横に何度も振り、顔をうつむかせる。

しかし、そんな行動は言葉とは裏腹に、こちらにもっと尻を突き出して、揺すり立ててくる。

「いや、いやっ、ばっかり言ってるくせに、お尻が揺れてるよ」

秋人が耳元で言うと、穂乃花はハアハアと荒い息をこぼしながら、

「感じてなんか、お尻なんか振ってないわ……見えちゃうから……だから……恥ずかしいんだから……」

肩越しに泣き濡れた表情を見せてくる穂乃花に、秋人は欲情した。

「たまらないよ、その泣き顔……」

秋人はさらにピッチをあげる。

リボンのついた半球型の紺の帽子が落ちそうなほど、深くストロークすると、

「ぁああ……いやあああッ！」

穂乃花は感極まった声をあげ、貫かれた衝撃に、窓ガラスに突いた両手を震わせる。

「く、うう……」

秋人も後ろから突き入れながら、歯を食いしばった。

濡れきった肉襞がいきなり締まってきたのだ。

その圧迫感たるや、今まで経験したことのない強さだった。

「くうう、締めつけてきた。やっぱり見られているのがいいんだね」

秋人は細腰を持って、さらに抜き差しを強めていく。

ぬちゅ、ぬちゅっ、といやらしい水音が、誰もいないバスの中に響いていく。

「あン……ああっ……お、奥まで来てるっ……そんな、ああんっ」

穂乃花はもう「いや」と言わずに、両手を窓に突いて、乱れた様子を見せている。

動かすたびに膣がキツくなる。秋人も目を細めてしまう。

(き、気持ちいい……)

もっとだ。

もっと気持ちよくなりたい。

ならばと、下垂した美乳を後ろから揉みしだきつつ、

「見えてるよ。穂乃花の感じた顔が外から丸見えだ」

煽ると、穂乃花はハッと顔をあげ、

「ああ……いや……いやん」

　と、必要以上に顔をそむけて、つらそうに眉をひそめる。と同時に膣がまたキュッとしぼってくる。

（くうう……これはすごいな……）

　盛りあがってきて、もっと穂乃花を辱めたくなってきた。

　窓ガラスに突いていた穂乃花の白手袋の手をつかみ、力尽くで外してやる。

　すると支える物がなくなり、穂乃花の身体が窓ガラスに押しつけられる。

　外から見れば、露わになったおっぱいが窓ガラスに押しつけられて、ひしゃげているはずだ。

「アアンッ、冷たいッ。いやあああ、お願いだから、だめえ……もうやめて、私のおっぱい、外の人に見られちゃうっ！」

　焦った顔もまた、可愛らしかった。

　そんな抗議など無視して、何度も背後から突いていると、

「ああんっ、ああっ……ああっ、だめっ、だめっ……」

　と、次第に抗う声が弱くなり、代わりに感じた声を漏らしはじめる。

「はああんっ、バスガイドが……ああんっ、バスでおっぱい丸出しにされて、後

ろから犯されてるなんて……誰かに見られたら……ああんっ」

穂乃花は自分の惨めな格好を、うわごとのように口にする。

すると、その台詞に自分でも酔ったのか、さらに尻をくねらせて、もっと突いてというように秋人の腰に押しつけてくる。

「エロすぎるよ。ほら、ほら……」

耳元でささやきつつ、思いきり、ずぶっ、ずぶっ、と貫くと、

「ああんっ、ああっ……ああっ、だめっ、だめっ、あっ、だめっ……こんな恥ずかしい姿、だめっ……あっ！　子どもがこっちを見ようとしてる……」

秋人も外を見れば、親に手を引かれた子どもが、きょろきょろとしている。

「見ないでっ、お願いだから……ああん……だめぇえ」

穂乃花の膣中はさらにすべりがよくなっていく。

「あっ、だめっ……」

そのときだ。

「あっ……！」

穂乃花が鋭い声をあげた。

外の子どもが、こちらを見ていたのだ。

「あ……あぁ……見、見られちゃった……子どもに、ああん、見られちゃうなんて……」

肩越しに見せてくる穂乃花の顔はもう真っ赤で、帽子からはみ出ている後れ毛も汗で濡れて色っぽかった。

恥ずかしいと泣いているものの、穂乃花は腰を使ってきていた。

その動きがたまらなかった。

根元からチ×ポが激しく揺さぶられて、一気に射精したくなってきた。

「むうう……」

もう出したい。秋人は渾身の力でバックから突く。

穂乃花のヒップと太ももが、秋人の腰で叩かれて、パンパン、パンパンと淫らな打擲音を鳴らしていく。

「ああっ……き、気持ちいい……ああんっ、気持ちいい……」

いよいよ穂乃花が、欲望を隠さなくなってきた。

腰が激しくうねり、よがり声が次第に大きくなっていく。

「ああんっ……頭がジンジンしてっ……ああんっ……はああんっ……壊れちゃうっ……はあぁっ……ねえ、ねえ……すごいよおっ」

素直に感じた声を漏らす穂乃花に愛しさが湧き、彼女を無理に振り向かせて口づけし、立ちバックでズボズボと奥までしたたかに突いてやる。

「んんん……ンンンンッ！」

口づけをしながら、穂乃花はくぐもった悲鳴をあげる。

もっと突いた。

穂乃花の身体が強く揺さぶられ、バスガイドの丸帽子が頭から外れそうになっている。

秋人はキスをほどき、さらにスパートして腰を振りたくった。

「ああんっ……だ、だめっ……もうだめっ……」

いよいよ穂乃花が切羽つまった声を出した。

「ああんっ、イクッ……もうダメッ……あああっ……ねえ、秋人くんっ、あああんっ、一緒に、一緒に……」

言いながら、膣がさらに締めつけてきた。

秋人ももう限界だった。

切っ先まで熱いモノがこみあげてきている。

「そんなにされたら、くううっ、出ちゃうよ」

「あんっ、いいよっ、中に出してっ……感じたいからっ……きてぇ……」

もう快楽に支配されているのか、穂乃花は正常な判断ができないようだ。

だが秋人も同じだった。

してはいけないと思うのに、穂乃花の中に出したくてたまらない。

勤務中にバスガイドに中出しなんて、非道もいいところだ。

それでもだ。

欲しかった。

今は人妻となった穂乃花の奥に、自分の欲望を注ぎこみ、自分のものにしたかった。

初めてだ。人妻を寝取るという興奮を味わっている。

「いいんだな、出すぞ」

「ああん、きてぇ」

穂乃花は口端からヨダレを垂らしつつ、生臭い声を漏らす。

ああ、これだ。

この強引さで、学生時代も穂乃花を抱きしめられたら……。

優しさなんて、見せかけだ。

自分が傷つきたくなかったから、優しくしていたんだと、今頃になってようやくわかった。

「じ、じゃあ、おねだりしろっ。もっとちゃんとだ」

「えっ、そ、そんな……」

穂乃花は肩越しに苦悶の表情を見せていた。

だが、やがて覚悟を決めたように、うつろな目で見つめてきた。

「オ、オチン×ン……」

「誰の？」

「ああんっ、い、いじわるっ、いじわるだわ。秋人くんのオチン×ンで、もっと突いて、わ、私の……」

「穂乃花の、だよ」

「ああん……ほ、穂乃花のアソコに」

「アソコって？」

秋人は歯を食いしばり、ずるりとペニスを浅い部分まで引いてやる。

「いやああんっ。ぬ、抜かないでっ……お願い、穂乃花のおま×こに、秋人くんの精液、注いでっ。ああんっ、メチャクチャにしてぇッ」

穂乃花は清楚なバスガイドとは思えぬ、獣じみた声を漏らした。

信じられなかった。

あの可愛らしい穂乃花は、こんなにもいやらしい獣の牝だったのだ。

秋人の胸は熱くなった。

背後から穂乃花を抱きしめつつ、奥に激しい一撃を入れたときだった。

「アァッ……い、イッちゃぅ……イクッ……あっ、ああ……あああぁッ！」

激しい絶頂の言葉を奏でながら、穂乃花は腰をガクンガクンと大きくうねらせた。

「うぁ……出るっ……おおおッ」

獣じみた声をあげながら、秋人も震えた。

ザーメンが勢いよく尿道を駆け抜け、穂乃花の奥にほとばしる。

最後の一滴まで注ぎこむと、あまりの快楽に立っていられなくなるほどくらくらしてしまうのだった。

# 5

「左手に、次の目的地の兼六園が見えてまいりました。兼六園は……」

バスガイドの穂乃花の案内が続いている。

(危なかったなあ……)

バスの中で中出しした直後だ。

買い物を早めに終えた会社の同僚たちが乗りこんできて、穂乃花は慌ててパンストとパンティを引きあげ、胸元を隠してから何事もなかったように、業務に戻っていったのだった。

「日本三名園のひとつと言われます、ここ兼六園は……」

穂乃花の淀みない観光案内が続いている。

制服の似合う、可愛らしいバスガイド。

しかも人妻の色香がムンムンにあふれ、凛とした姿や明るい笑顔がたまらなく魅力的なガイドである。

そんな彼女を、今さっき、バスの中で抱いたのだ。

興奮しないわけにはいかなかった。

穂乃花は先ほどから、ちらちらと目を合わせては、恥ずかしそうにはにかんだり、わざと口を尖らせてみせたりと可愛い仕草をしてくる。

(怒ってなくてよかった……というか、逆に僕のことを意識してないか？)

色目を使ってきているのは間違いない。

(ああ、学生のときも、こんなふうにできたらな……)

二股はひどいと思うが、穂乃花が物足りなかったというのも、ウソではないように思える。

単純に言えば、自分も未熟だったのだ。

「なあ……あのバスガイドさん、さっきより色っぽくなってないか？」

「なんか顔が赤いし、目がとろんとしてんだよな」

「誰もいないバスの中でオナッてたんじゃね」

「まさかあ。しかし、美人だよなあ、で、誰が声かけるんだよ」

後ろで同僚たちがひそひそと猥談（わいだん）している。

それを訊いていると、妙な優越感が湧いてきてしまう。

(あの美人は、僕のもんだよ。今、アソコにはまだ僕のザーメンが残ってるだろうし……）

ほくそ笑んでいたときだった。

「兼六園は、夜のライトアップもとても美しく……あんっ」

いきなり穂乃花がセクシーな甘い声を漏らしたので、バスの中がざわめいた。

「……し、失礼しました。続けますね……」

真っ赤になった穂乃花が、こちらに目を向けてくる。

秋人は首をかしげて、怪訝（けげん）な表情をするのだった。

観光が終わり、バスで旅館に戻ってから、秋人はこっそりと穂乃花の部屋に向かった。

彼女も同じ旅館に泊まるのだ。

聞いていた部屋のドアをノックすると、すぐにドアが開いた。

中に入ると、バスガイドの制服の穂乃花が抱きついてきた。

「お、おい……穂乃花っ」

いきなりで慌てていると、穂乃花は「ウフフ」と楽しそうに笑い、唇を寄せてくる。

秋人も当然のように唇を寄せて、キスをした。

(ああ、普通にキスできるなんて……)

大学時代は、本当に女性のことがわからなくて、悩みに悩んでいた。

あんなに優しくしたのに。

あんなに言うこと聞いたのに。

だけど、それは間違いだったのだ。

気持ちを伝えるためには、時には強引に、態度や言葉で表さなければならなかったのだ。

「んんうんっ……んふっ……」

キスをほどいたあと、見つめ合って穂乃花に尋ねた。

「さっきバスの中でへんな声出したよね？　あれは……？」

言うと、穂乃花は真っ赤になって肩を叩いてきた。

「いたっ」

肩をさすっていると、穂乃花が潤んだ瞳を向けてくる。

「あ、あれは……垂れてきちゃったのよ、あなたのアレが」

「あれ？　あっ」

なんとなくわかったからニヤけると、穂乃花はまた肩を叩いてきた。

「……いやんっ、もう……奥からいきなり、どろっとした塊が出ちゃって、パンティが濡れちゃったのよ。あんなにいっぱい出すんだもん」

「ご、ごめっ……うっ」

秋人は慌てて腰を引く。

穂乃花が白手袋の手を伸ばして、ズボン越しの肉茎をキュッとつかんできたのだ。

しなやかな指でこすられると、たちまち芯が熱くなって漲っていく。

「ウフフ、もうこんなに……エッチね……」

「ご、ごめん」

言うと、穂乃花が笑った。

「謝らないでよ。無理矢理だったけど、私も楽しんじゃったから……旦那とも倦怠期だったし、いいのよ……ありがとう」

笑みを漏らした穂乃花が、愛おしそうに肉棒をまた撫でてきた。

「旦那さんに嫉妬しちゃうよ」

「ンフッ、しなくていいわ。今だけ私の愛しい人よ……そういうの、だめ？」

穂乃花が甘えたような媚びた表情を見せてくる。

可愛いバスガイドに迫られて、おかしくならない男はいない。

「だめじゃない。むしろお願いしたいよ」

「ンフッ……」

穂乃花は秋人の足元にしゃがむと、器用にベルトを外して、ズボンとパンツに手をかけて、一気に膝までズリ下ろした。

ぶるん、とうなり出た屹立をシゴきつつ、ゆっくりと先端を口に含んでいく。

「えっ？　くうっ……」

秋人は大きくのけぞった。

下を見れば、バスガイドの制服を着た美人が、おしゃぶりしてくれている。

たまらなかった。

トラウマだった女性不信も、全部とまでは言わないけど少しはラクになってきた。

梨紗子に告白する決心もついた。

強引に、気持ちを伝えるのだ。

（バスでの社員旅行か……来てみるもんだなあ）

穂乃花の口や舌によってもたらされる快感に、秋人は思わず苦悶の声を漏らして顎をあげ、天井を見やるのだった。

# 第五章　旅先の癒やし系美熟女

## 1

「祖堅くん、あなた、ちょっと顔色わるいんじゃないの？」

課長の玲子が、秋人の机のところまで来て、心配そうに言った。

「え……そうですかね」

秋人は狼狽える。

社員旅行から一週間。いまだ玲子との、めくるめく一夜の感触が生々しく残っていた。

当然だろう。

男なら誰でも振り向くようなクールビューティは、布団の中ではあれほど乱れて色っぽく喘ぐのだ。

しかも、だ。

三十八歳のムッチリした肉体は、どこもかしこも柔らかい。

上司のグラマラスなボディは本当に素晴らしく、肉感的なおっぱいやお尻とたわむれているだけで、昇天しそうなほど気持ちよかった。

あのような夢のような一夜を、簡単には忘れられなかった。

そんなことを思っていると、玲子がすっと耳元に口を寄せてきた。

甘い化粧の匂いが、ふわっと漂う。

「彼女には伝えたの？」

耳元でささやかれた。

気にしてくれたのか、と、うれしくなりながらも秋人は小さく頷いた。だが、満面の笑みではない。苦笑いだ。

すると、玲子は察してくれたようだった。

「そう……ねえ、相談があるなら、またのるわよ」

玲子がウフッと笑った。

秋人も微笑みを返した。秘密を共有した笑みだった。

「そのときはぜひ」

秋人が返すと、玲子は小さく頷いてから、またいつもの鬼課長の厳しい表情に戻って、カツカツとピンヒールの音を立てながら去っていく。

（玲子課長、ありがとうございます。心配してくれて）

と思いつつ、思わず玲子の後ろ姿を目で追ってしまう。

タイトスカートをパンと張った豊満なヒップ。

歩むごとに尻肉が、ムチッ、ムチッと左右に揺れている。

スカートに浮き立つお尻の丸みからは、熟れた色香が匂い立つようだった。

（腰つきが充実してるような気がする……うまくいってるんだろうな）

玲子からはプライベートも充実していると訊いていた。

秋人と一夜をともにしたことで後ろめたい気持ちが出てきて、パートナーに配慮して接することができていると言うのだ。

秋人が彼女の欲求不満の解消相手だったわけだが、それでもよかった。

課長の愚痴も聞けたし、仲良くもなれたし、何より楽しませてもらったんだから、はけ口だろうがなんでもよかった。

（でも、こっちは……うまくいってないんだよなあ）

秋人はため息をついた。

梨紗子のことである。

あのあと、思いきって告白しようと電話をかけた。

だが、つながらなかった。

どういうことなのか、まったくわからなかった。

あのとき、ふたりともがバスの中だけでは足りなくなり、朝方のラブホテルで愛し合って、連絡先を交換した。

信じられない体験だった。

彼女はおそらくだけど、そんなに簡単に出会った男と一夜をともにするような感じではなかった。

そんな身持ちの堅い彼女が自暴自棄になり、バスで隣り合った男とそのままホテルに行ったのだ。彼氏に対して相当な不信感を持っていなければできないことであろうし、もう別れると思っていた。

でも連絡がとれないのだ。

(結局、本気でつき合いたいと考えていたのは、自分だけってことか……そうだよなあ……)

ぼおっと考えていると、隣の席の村山(むらやま)が肘でつついてきた。

「おまえ、玲子課長と最近親密だよなあ。なんかあったんか?」

「は？　いや、まさかあ……」

本当はセックスしたんだよ。と言って優越感に浸りたいが、もちろんそんなことを言えるわけがない。

「なんか玲子課長も最近、機嫌いいしなあ。見たかよ、あの腰つき。ずいぶんとエロくて……きっと男ができたんだぜ」

「男ねえ」

大体当たっていたので、苦笑しそうになった。

「はあ……俺も運命の女だと思ったんだけどなあ、穂乃花ちゃん」

村山が妙なことを言い出した。

「運命の人？　穂乃花ってまさか……」

「そうだよ。このまえのバスガイドの子。おまえの同級生だろ。おまえが全然紹介してくれないから、実は思いきって声かけたんだけど、さらっとかわされてさあ」

「そりゃそうだろ」

「え？」

村山が訝しんだ顔をしたので、秋人は慌てた。

「あ、ああ、だってさ、名古屋と金沢だろ。距離があるよ。無理だって」

「そうだけどなあ。運命の人って、いるんだよ。だってさあ、偶然、同じバスに居合わせたんだから」

強引な設定で、秋人は笑った。

「バスで乗り合わせたって、そんなくらいで運命の人とか言うなよ」

「だってそう思ったんだからさあ。なあ、今度紹介してくれよ」

何度も頼んでくるのが面倒で、秋人は適当にあしらい、業務に戻った。

(運命の人か……)

梨紗子と隣り合ったことは、自分では運命だと思っている。

だけど、梨紗子のほうは遊びと思っていた……。

(いや、まだわからないぞ。玲子課長や穂乃花に言われたじゃないか。ここは強気で押すべきだ)


その翌日。

午前中は営業に出るとウソをつき、秋人は電車で名古屋のM駅に向かった。

梨紗子のマンションの最寄り駅がここだと聞いていたからである。ちなみに近くにＦ公園があるとも聞いていた。

（Ｍ駅に、Ｆ公園か……）

ヒントはそれだけだ。

だけど地図で調べたら、このへんには高いマンションが一棟しかなかった。マンション名までは特定できるだろう。

だが部屋まではわからない。さて、どうやって会えば……。

いや、そもそもだ。

もし会えたら会えたで、どうしたらいいのかわからなかった。

偶然を装うか、それとも会いに来たと言うべきか。

そんなことを考えながら公園をうろうろする。

（いるわけないよなあ……）

見渡しても、公園には親子が数組いるだけだ。

公園のまわりも歩いてみた。

スーツ姿だから訪問販売を装えば怪しまれないと思うのだが、さすがに何周もしていると、通報でもされないかと気になってくる。

（わかるわけないよ……そうだよな……住所もわからないのに、ほとんどクイズ

いた。

みたいなものだもんな)

自動販売機で缶コーヒーを買い、公園のベンチに腰を下ろす。

何気なしに見ると、子どもたちを遊ばせて、若い主婦たちが井戸端会議をしていた。

旦那や姑の愚痴で盛りあがっているようだ。

ふいに三人の主婦のうち、ひとりに目がいった。

ずいぶん可愛い奥さんだなと見ていて、ハッとした。

ミドルレングスのふわっとした髪。ニットにロングスカートという地味な格好だが、スタイルがよくて、おっぱいが大きい。

(り、梨紗子さんっ！)

そんな馬鹿な……と、しばらく見ていると、子どもを連れたふたりの主婦は帰っていき、梨紗子ひとりになった。

梨紗子はこちらを向いて、びっくりした顔をした。

やはり彼女だった。

「あっ……えっ……秋人くん……ど、どうしてっ」

「いや、その……どうしても、その……連絡がつかなくて……なんとなく、場所だけは聞いてたから」

動揺していた。

先ほど、

《うちの旦那が……》

と言っていたのが耳に届いた。

つまり、梨紗子は人妻だったのだ。

「そ、その……ご結婚……されてたんですか？」

梨紗子はバツが悪そうにしていたが、やがて小さく頷いてから、秋人の前までやってきた。

「……ごめんね。つい、言いそびれて。騙すつもりはなかったのよ。ホントよ。ただ最初に人妻って言うと、ちょっと重たいかなって……」

梨紗子はくりっとした大きな瞳を潤ませる。

なんと言っていいかわからないから、

「そうだったんだ……」

とだけ、つぶやいた。

なんだかいろんなことが崩れていく気がした。

(結婚……人妻……既婚者……浮気……)

真剣につき合いたいと思っていた気持ちが、一気に萎えていく。

「それって、その……僕とは遊びだったたってことですよね」

思いきって言った。

聞きたくなかったけど、聞くしかない。わかっていても……。

少し考えてから、梨紗子は口を開いた。

「夫とケンカしてたから、むしゃくしゃしてて……まさか、バスの中であなたがあんなことしてくるなんて思わなくて……でも、あのときは、あなたに抱かれてもいいって思ったの、だけど……」

彼女は、近くにあった滑り台の階段を昇っていく。

「あ、危ないですよ」

言うのも振り切り、梨紗子はデッキ部分まで昇りきってしまう。

子ども用でもそれなりの高さがある。

なので、秋人は滑降してくる先にまわった。受けとめようとしたのである。

デッキにいた梨紗子が足を曲げてしゃがんだ。

下にいた秋人の目に、ロングスカートの中身が見えた。

（パンティ、ピンクだ）

そっちに目をとられてしまい、すべってきた梨紗子を受けとめられなかった。

スカートが大きくめくれて、太ももとパンティが露わになる。

梨紗子は恥ずかしそうにスカートを直してから、立ちあがった。

「あのとき……同じ地元だし、話もすごく合うし……それにね、私、あなたのこと……」

「え？」

秋人は真っ直ぐに見た。

彼女はしかし、何度も首を横に振った。

「……ごめんなさい。こんなところを見られたら噂が立つわ。もう来ないで」

彼女はそう言って、足早に公園から去っていく。

「ま、待ってくださいっ！」

そう言って手を伸ばすも、彼女は振り向かなかった。

伸ばした手は、何もつかむことができなかった。

## 2

(こっわぁ……落ちたら、間違いなく死ぬな、これ)

秋人は崖を覗きこんだ。

玉が縮むのを感じる。

(いやあ、すごい断崖絶壁だな、これ)

和歌山県の白浜にある三段壁は、有名な観光名所である。

白浜の海を眺める最高のロケーションなのだが、切り立った崖の下を覗くと、五十メートル下の岩肌に荒い波が打ち寄せている。

見ているだけで一気に足がすくむ。

柵の前でもこれだけ怖いのだから、柵の向こうに行ったら腰を抜かしそうだ。

(ひとり旅、以前はひとりが楽しかったのに……なんだか感傷的になるなあ)

急に思い立ち、旅に行こうと思ったのだが、遠くに行くことも調べることも億劫で、ついつい一泊二日のツアー旅を申し込んでしまった。

ツアーとはいえ自由時間が多く、行きと帰りのバス、そして宿泊地と観光の目的地が一緒なだけで、ツアー客が集まって食事したりすることもない。

かなり自由なツアーであり、ひとりの時間が多くていいのだが、なぜか寂しかった。

以前はこういうことはなかった。

ひとりで気ままに旅することが楽しかった。

だが今は、ぽっかりと何かが空いている気分だ。

（やっぱり好きだったんだなあ）

海を見ながら改めて、秋人は梨紗子のことを思う。

意気投合したとき、どこか通い合っている気がした。

女性不信だったのに、ナンパみたいなことまでしてしまった……でも、そんな大胆なことができるほど彼女に夢中だったのだ。

いけると思った。

でも、相手は人妻だった。

すべてはウソだったのだ。

舞いあがっていたのは自分だけだったのが哀しい。

（はあ……）

澄みきった青い空と白い海に似つかわしくない、哀しいため息が出た。目尻にも涙が浮かぶ。

そのときだ。

ぐいと上着の袖を引かれて、秋人は振り返った。

「キミ、大丈夫？」

優しげな女性が、裾をつかんで声をかけてきていた。

（あれ？　この人はたしか……）

ツアー客の女性だった。

他の客に興味などなかったが、この人が美人だったのと、ひとりで参加していたのが、ちょっと気になって覚えていたのだ。

「大丈夫ですけど……」

秋人は慌てて、手の甲で目の下を拭（ぬぐ）った。

「よかった」

彼女は手を離して、安堵（あんど）したような表情を見せる。

「バスの中でも気になっていたのよ。ひとり旅は珍しくないからいいんだけど、さっきからずっと崖に立ってて、哀しそうな顔をしていたし……」

ああ、と、そのとき気づいた。

崖の前で暗い顔をしていたら、身投げかと思われるな。

「す、すみません。誤解させてしまって。ちょっと考えることがあって」

「そう。ウフフ、私の早とちりね。よかったわ」

微笑んだ顔がとても優美で、秋人はクラッとした。

二十八歳の自分よりは上の年齢だと思う。三十代か四十代くらいか。

形のよいアーモンドのような目が、笑うと優しげに細められて、癒やし系の美熟女という雰囲気だ。

(だ、だめだな……梨紗子さんのことを考えてるのに、また別の女性にときめくなんて)

でも、見てしまう。

ちらりと見た限りは、スタイルもよさそうだった。

ニットにフレアスカートという清楚な格好が梨紗子を思い出させてくれる。

でも梨紗子よりもちょっと肉づきがいい感じだ。

「あ、あの……」

言いかけると、彼女が察してくれた。

「由奈よ。上木由奈というの」

「僕は祖堅と言います。祖堅秋人」

「そけん？　珍しい名字ね」

「沖縄がルーツと聞いてます。といっても、僕自身は沖縄に住んだことはないんですけど……父方の祖母が、沖縄の名護市ってところにいて」

「あら、私の母親も名護よ」

顔を見合わせて笑った。

言われてみれば明るい雰囲気も、南国の出という感じがする。美人だけど親しみやすくていい感じだ。

（なんか、梨紗子さんと会ったときのこと、思い出すなあ……）

あのときも同郷ということで、意気投合したのだ。

そんなやりとりをしているとき、添乗員のおばさんが走ってくるのが見えた。

「あら、時間みたいね。そろそろ戻らないと」

「そうですね」

残念に思いつつ、バスに向かう。

ところがだ。

バスに戻ると隣の席にいたおばさんが、前の席にいる友達の近くにしてほしいとお願いしてきたので、由奈が替わって隣に来たため、秋人の胸は熱くなった。

「いいかしら、私で。ちょっとお酒臭いかもしれないけど……」

窓際の席に座った由奈は、そう言って微笑んだ。

「も、もちろんいいですよ。そんな気にしないでください」

秋人は笑みを返しつつ、彼女を見た。

（くうう、やっぱりキレイだよな……由奈さん）

柔和な双眸(そうぼう)がチャームポイントで、目鼻立ちの美しさに加えて、肌の艶やかさと抜けるような白さが眩(まぶ)しかった。

ニットの胸元はたわわにふくらんでいて、十分なボリュームがある。

フレアスカートから、ちらりと太ももが覗けているが、黒パンストのムチムチ太ももがやけに刺激的すぎた。

艶々したストレートの黒髪から、ふわりと甘い匂いが漂ってくる。

思い出したくもないのに、梨紗子との出会いが思い出されてしまい、秋人はまた感傷的な気分になる。

それを忘れるためにひとり旅に来たのだと思い出し、由奈のことを考えることにした。

（これほどの美人がなんでひとりなんだろう）

気になってきたとき、彼女がこちらを向いた。

目が合った。

「ごめんなさいね、お酒が臭ったかしら」

由奈は昼間から飲んだことを、ずいぶん気にしているようだった。真面目な人なのだろう。

「全然大丈夫です」

「よかった。でも、どうしてあんな崖をずっと見ていたのかしら」

優しく訊いてきた。面倒見のいい女性らしい。

迷ったけれど、誤解させたのだから理由だけは言っておこうと思った。

「実は好きだった人にフラれて……彼女は人妻だったのを隠してたんです。だから、それを忘れようとひとり旅に」

「なるほどね」

由奈はウフフと笑みをこぼす。

笑うと少女みたいに可愛らしくて、秋人は心の中でドギマギした。

「人妻ね。向こうは遊びだったのかしら」

「それは……」

言われてみれば、遊びだったのか？　と訊いた返答を、彼女からちゃんともらっていなかった気がする。

旦那とケンカして、それで自分に抱かれてもいいと思ったと梨紗子は言った。

《同じ地元だし、話も合うし……それにね、私、あなたのこと……》

そういえば、そのあと彼女はなんと言いたかったんだろう。

由奈が尋ねてきた。

「そこは、その人妻には訊かなかったのね」

「はい」

「だったら、きちんと訊いたほうがいいと思うわ。結婚って、いろいろあるものだから。人妻だからってそれで終わりなんて……」

彼女はふいに哀しげな表情をした。

やけに実感がこもっていた。

この人も人妻なのだろうか？　だったら旦那はどうしたのだろうか。

疑問に思っていたら、彼女が続けて話した。

「ちなみに私も同じ。ある人を忘れようとしてひとり旅に来たのよ。でも旅行の計画は立てられないから、ツアーに参加して」

「え？　そうなんですか」

「私、旦那と別れるの。今は人妻だけど、すぐバツイチになるわ」

「あ、ああ……」

一瞬、気まずい空気が流れたが、癒やし系の美熟女は優しく笑って雰囲気をごまかしてくれた。

「結婚生活を続けるって難しいのよ。秋人くんはいくつなの？」

「え？　二十八ですけど」

「そうなのね。私は三十六で、結婚生活十年だったんだけど、子どもがいなかったのがいけなかったのかしら……うまくいかないものね」

(三十六歳か。やっぱり落ち着いた雰囲気だな)

梨紗子のこと、もう少しちゃんと話を訊いたほうがいいのだろうか。もしかしたらケンカというのも、離婚を考えてのことかもしれない。

(でもそれだったら、離婚も考えてるって、言ってくれるよなあ……)

またため息が出た。

「結婚って大変なんですね」

と、知ったふうな口を利く。

すると、

「そうね」

と、彼女から悩ましい目で見つめられて、ドキッとした。

由奈はふいに脚を組んだ。

スカートがまくれ、思わず目線が由奈の太ももにいってしまう。

右足をあげたから、太ももからヒップへの悩ましい黒パンストのラインがばっちりと見えていた。

その黒い薄布に透けて、白い下着がチラ見えした。

（おおっ。由奈さんのパンティ……白なんだ）

まさか見えるとは思ってなかった。

見えないと思っていたものが、見えたときの感激はひとしおだ。

（いかんいかん……）

すぐにパンティからは目を離したつもりだった。

だが、由奈はこっちをチラッと見てから、

「ウフフ……でも、他の女性にも興味はあるみたいね」

と、かなりきわどいことを言ってきた。

戸惑っていると、由奈は「ウフッ」と笑いって身体を預けてくる。

（うおおおっ）

なめらかな黒髪からシャンプーの噎せるような甘い匂いがして、それだけで秋人は勃起してしまった。

「……少しだけ、こうさせて……夫のことを忘れるための旅だから」

「えっ……？」

彼女が見あげてきた。

その瞳は、わずかに潤んで、きらきらとしていた。

「別れるといっても、十年も寄り添ったのよ。なかなかつらいわよ」

彼女は耳元に口を寄せてきた。

「だから忘れさせてほしいの。私の身体に興味があるなら……」

「え？」

刺激的な言葉に、股間が反応してしまう。

梨紗子のことをもう一度考えようと思うのに、どうも男の性欲は気まぐれだ。

痛いほど股間が硬くなり、ズボンが盛りあがってきてしまったのだ。

（まずい。おさまれっ……え？）

隠そうと手を被せようとしたときだ。

由奈の右手が秋人に腰に向かって伸ばされてきた。

ほっそりした彼女の指が、すっと太ものつけ根あたりに触れる。

「ゆ、由奈さ……」

秋人は目を丸くして由奈を見た。

向こうからも目を向けられる。

近い。

夕暮れにさしかかり、暗くなりはじめたバスの中でも、彼女の美貌ははっきりとわかる。

由奈は目を細めた。

「ウフフ。なんでここを大きくしてるのかしら？　さっきから私のおっぱいや太ももをチラチラ見てたようだけど、そのせい？」

顔が強張り、汗がどっと噴き出した。

完全に盗み見がバレていたと思うと、頭が真っ白になる。

「い、いや、そんな見てたなんて」

今さらの言い訳だ。

顔を赤くしてうつむいていると、由奈の右手がソフトに股間をこすり、屹立した部分をキュッと握ってくる。

「うっ……く！」

勃起の芯が痛くなるほどの高揚感が走り抜けた。

ズボンの下で性器はさらにカチカチに硬くなり、布を大きく押しあげる。

「ウフッ。さっき私のパンティ見えちゃったでしょ。興奮した？」

「な、パ、パン……ええ？」

由奈の大きな瞳は、イタズラっぽい輝きを放っていた。

3

次のツアー観光地は、美術館内のアートシアターだった。

映画館のような場所で、中央の大きな丸の中に、立体的なアートの造形がホログラムのように浮かびあがり、それを鑑賞するのだ。

秋人は由奈と、最後列のシートのほぼ中央に腰を下ろした。

観客が近くにいない席を狙ったのだ。

(なんか恋人同士みたいだ……かなりいい雰囲気だぞ)

由奈が羽織っていたコートを脱いだ。

ニットとフレアスカートに包まれた、肉感的なボディが暗がりの中でぼんやりと輝いているように秋人には見えた。

「ウフフ。暗くても見えているわよ。キミのすごくエッチな目が……」

「えっ、あ……」

慌てていると、すっと彼女の右手が伸びてきて、ズボンの股間をまさぐってくる。

「くっ」

小さく呻くと、彼女はシッと、唇に人差し指を当ててから、硬くなった股間を撫でまわしてくる。

ヒーリングの静かな音楽の中で、ふたりはごそごそといちゃついていた。

(こんな大胆なことをしてくるなんて……)

梨紗子や玲子とも同じようなことをしたが、それは、秋人からしかけたことだった。

由奈は自分から男の股間に触れてきている。

しかもだ。

相手は癒やし系の美熟女である。

暗がりとはいえ公衆の場で、男の性器をあやしてくるような女性には見えないから、そのギャップに激しく燃える。

(よっぽど……別れた旦那のことを、忘れたいんだろうな)

それならば、こちらも応えるのがスジではないか。

(まあ、ヤリたいだけなんだけど……)

もう秋人には、アート作品を見るような平常心はなくなっている。

由奈のニットの胸の丸みや、膝丈のフレアスカートがまくれて、薄い黒のパンティストッキング越しの艶めかしい太ももしか見えない。

意識はもう、由奈の身体のことばかりだ。

《忘れさせてほしいの。私の身体に興味があるなら……》

その言葉を胸に、秋人は唾を飲みこんで、そうっと左手で由奈の太ももに手を置いて撫でてみた。

由奈はわずかに肩をふるわせるが、スクリーンからは目を離さない。

秋人はさらに大胆に手をスカートの中に入れた。

「ンッ……」

かすかな声をあげた由奈が、秋人を見つめてくる。

秋人は心臓を高鳴らせながら、秘部を包みこんでいるストッキングのシーム部分を指で押さえこんだ。

「あっ……」

由奈の唇のあわいから、小さく吐息が漏れる。

指で押せば、由奈の亀裂の部分に沿って、柔らかい秘肉がクニャッと沈みこんでいく。

「ん……ん……」

秋人の指がスカートの中で動くたびに、由奈のうわずった声が漏れ聞こえてきて、しがみついてくる手が震えていた。

(梨紗子さんとの、バスの中こと、思い出しちゃうな……)

あのとき……。

夜行バスの中は、ふたりだけの空間だった。

まるで桜の花のような華やかな絶世の美女が、こんなへたれな自分に手マンされてアクメしたのだ。

そんなことを思い出すが、今は由奈という美しい熟女に集中する。

由奈は手の甲を口に押しつけ、漏れ出す甘い声を防いでいるが、足は開いた状態で、されるがままだ。

触りながらまわりをうかがうと、ふたりに気を取られている観客はいない。だがおかしな声を少しでも出せば、すぐに気づかれてしまうだろう。

(なんか、人前でエッチなことをする興奮が、クセになってきてるな)

スカートの奥をいじっていることに、ひどい昂ぶりを覚え、秋人は股間をさらにいきり勃たせてしまう。

彼女のほうもかなり乱れてきている。

ハアハアと息を荒げ、わずかな明かりの中で、優しげな瞳が潤んでいるのがはっきりと見える。

さらにパンストとパンティの上から指でいじると、

「あんっ……」

由奈は甘い声をあげてしまい、ハッとして、それを恥じるように秋人の左手に口元をこすりつけてくる。

(くうう、可愛いな……)

そんなふうに思っていたが、やはり由奈は人妻で、欲望を隠しきれない女性だった。

恥ずかしそうにしつつも、両手で秋人のファスナーを下ろして、ベルトのバックルも外してくる。

さらには、指を入れて肉棒を取り出してしまった。

(え？　えええ？　ゆ、由奈さんっ……)

それはまずいとまわりを見渡す。いくら暗がりのシアターでも、男性器をさらけ出すのは大胆すぎる。

(会ったばかりなのに、こんなことしてくるなんて……)

恥ずかしいと思いつつも股間を隠さずにいると、由奈は直に肉竿を握り、淫靡な笑みを漏らしながら髪をかきあげて目を向けてきた。

「私にもさせてね、エッチなこと……」

ねっとり言いながら由奈は前屈みになり、股間に顔を被せてきた。

(おおお……)

思わず腰が浮いた。

ペニスが温かな潤みに包まれて、ぷっくりした唇がキュッと竿の表皮をしぼり立ててくる。

（ウ、ウソだろ……いきなり咥えてくるなんて。洗ってないチ×ポを、しかも人のいる場所で）

優しげなバツイチ美熟女の清楚な雰囲気と、いきなりフェラをするという大胆さのギャップに驚くばかりだが、由奈はしかし躊躇せずに、さらに奥まで咥えこんでくる。

由奈のぬめる口腔内に勃起が包みこまれていき、とろけるような快感が腰をひりつかせる。

「くううっ……」

あまりの気持ちよさに、秋人は思わず天を仰いだ。

厚めの柔らかな唇でシゴかれつつ、温かな口の中で敏感な切っ先を舌で舐められる快感は、もう言葉にできないほどだ。

うっとりと目を閉じたくなる。

だが、彼女が咥えているところも見たかった。

ハアハアと息を荒げつつ美熟女を見る。

由奈は根元を軽く握りつつ、

「んっ……んっ……」

と、くぐもった鼻息を漏らしながら、懸命に頬を窄めて頭を上下に揺らしてくる。

こちらをチラッと見あげて、口元に優美な笑みをたたえつつ、今度は舌を使って裏筋を舐めてきた。

（うああ……）

勃起の芯が熱くたぎり、気持ちよすぎて腰がひくひくした。

秋人の反応を見てうれしくなったのか、由奈は上目遣いにウフフと笑い、こちらを見あげながら舌を大きく伸ばして、ぺろっ、ぺろっ、と竿全体を舐めてくる。

（あああ、う、うますぎるっ……）

経験のある人妻というのは、これほどまでに上手なのか……。

唇が肉竿の表皮を這い、よく動く舌が亀頭のでっぱりを丹念に舐めてくる。

さらにだ。

由奈は舌を窄めて、ガマン汁を噴きこぼす鈴口を掃除するようにちろちろとくすぐってきた。

「くううう……」

会陰が引きつるほど感じてしまい、秋人は座ったまま足先をピーンと伸ばしてしまう。

男が的確に感じる場所をついてくる。

このところ何人かと身体を交わしたけれど、由奈は段違いに上手かった。

甘い陶酔感がペニスに宿り、早くも辛抱できなくなってきた。

「だ、だめですっ……」

慌てて由奈の頭を持って、亀頭から口を離させる。

由奈が口元を手で拭い、

「出していいのよ、飲んであげるから」

と、ウフフと妖艶に笑いながら告げてきた。

(だ、出しても……って……)

もちろんこのまま射精したら気持ちいいだろうなとは思ったが、さすがに恥ずかしすぎた。

だが、すっきりしたかった。

「だったら、その……由奈さんとひとつになりたい」

必死にお願いすれば、彼女はじっと見てきて、

「そうね、私もキミのオチン×ンが欲しくなってたし……」

と、欲望を隠さずにストレートにぶつけてくるのだった。

4

旅館まで持ちそうになかった。

秋人は暗がりの中、由奈とふたりで出て館内を歩いた。

男子トイレの前で立ちどまり、引いたままの由奈の手をギュッと握ると、由奈は驚いたように顔をあげる。

が、すぐにうつむき、ギュッと手を握り返してきた。

アートシアターの演目の途中で出てきたから、あたりに人影はない。

秋人は男性トイレの中を覗き、誰もいないことを確かめてから、トイレの前まで戻って由奈を引っ張りこんだ。

「あっ……」

由奈は驚いた声を漏らしたが、いやがらなかった。

個室を開けて彼女の身体を押しこみ、内側から鍵をかけた。

思ったよりも清潔な洋式トイレだが、アンモニアの匂いがわずかに鼻につく。

だが、そんなことはおかまいなしに、こみあげてくる欲望のままに由奈を抱きしめる。

腕の中で甘い女の香りが匂い立った。

「あんっ、大胆ね。でも、私もガマンできなかったからいいけど」

彼女から唇を重ねてきて、舌もからめてきた。

「んんっ……」

甘い唾液をすすりつつ、何度も唇を重ねる。

ふたりの唾液が粘り、クチュクチュといやらしい音が、トイレの個室の中に響き渡る。

たまらなかった。

もう一刻も辛抱できないと、キスをしながら由奈をトイレの壁に押しつけ、コートの下に着たニットをめくりあげる。

胸元がはだけ、白いブラジャーが露わになると、

「あぁんっ……」

悩ましいふくらみを露出させられた由奈が、キスをほどいて恥じらいの声を漏らす。

その官能的な声に煽られるように、夢中になってブラカップをズリあげると、とたんに巨大な乳房が揺れながらこぼれ出た。

(三十六歳だっけ……人妻らしいエロいおっぱいだ……)

乳輪が大きく、蘇芳色にくすんだ色合いだった。乳首は薄いあずき色で、中心部が陥没を見せている。

秋人は白い乳肉に手を伸ばした。

じっくりと揉みしだくと、汗ばんだ乳肌に指が吸いつくような、極上の触り心地を伝えてくる。

(くうう、もちもちのおっぱいだ……)

乳房というのはやはり十人十色だ。

由奈のおっぱいはかなりの軟乳で、揉みしだくとつぶれるほど柔らかい。

(ああ、熟女おっぱいもいいな……)

指をぐいぐいと食いこませると、由奈は身をよじって顎をあげる。美熟女の汗の匂いがツンときた。若い女性にはない、いやらしい匂いだ。

秋人はさらに夢中になって、薄ピンク色の乳暈に舌を這わせて舐めまわす。

「ああん……」

うわずった声を漏らした由奈が、気持ちよさそうに顎をせりあげ、

「ねえ……もっと舐めて……もっと……」

と、甘い声でせがんでくる。

舐めていると、陥没していたはずの乳首がムクムクとせりあがり、舌の感触でもわかるほどに硬くなってきた。

早くも感じているのだ。さすが人妻だ。

秋人は由奈を立たせたまま、しゃがみこんでスカートをまくりあげる。

「あんっ、いや」

彼女が恥じらいの声を漏らすのを訊きながら、秋人は夢中になってムッチリした下腹部をこすりあげた。

(ああ、こっちの匂いもすごいな……)

パンティストッキングに透ける白いパンティのクロッチ部から、むあっとする熱気と、ツンとする芳香を感じた。

思いきってパンストとパンティを足首まで下げ、さらに片脚のパンプスを脱がせて、爪先から抜き取った。

そうして片方の膝をすくい、そのまま大きく持ちあげてやる。

「あんっ、いやんっ」

片足立ちになった由奈が、バランスを取るために秋人の肩をつかんでくる。

開かれた恥部をまじまじと見た。

蘇芳色の大きな肉ビラの奥に、薄ピンクの襞が蜜にまみれてきらきらと光っていた。思った以上の濡れ具合に昂ぶりつつ、魅惑の秘部に秋人は顔を近づけて舌を伸ばすと、

「ああああっ……」

由奈はほどけた歯列から悲鳴を漏らし、腰を震わせる。

男性トイレの個室の中だ。

誰かから聞かれてはまずいと慌てるも、見あげれば、由奈も必死に感じた声を押し殺している。

感じた声をたえている姿は、みだりがましく、もっといじめたいと秋人は包皮に包まれたクリトリスを舌でなぞりあげた。

「ああ……ッ」

由奈の口からよがり声が漏れ、腰がビクッ、ビクッと痙攣する。

今度は舌でスリットをなぞる。

舐めながら見れば、由奈はハアハアと息を荒げて、切羽つまった表情を見せている。

「ああ、時間がないわ……欲しいわ。お願いっ……もう入れて」

いよいよ彼女は、恥ずかしそうに身をくねらせてきた。

出るとき、そういえばシアターは後半にさしかかっていた。

時間がない。

秋人はズボンとパンツを脱ぎ飛ばし、個室トイレの中で、いきり立った肉棒を露出させてムチムチの由奈の太ももを再び持ちあげた。

片足立ちになり、濡れきった媚肉を淫らにさらした由奈の腰に、自分の腰をグイと押しつける。

「ああ……」

切っ先が濡れそぼるワレ目に当たると、由奈はトイレの壁を背にしたまま、せつなそうな声を漏らし、潤んだ瞳でこちらを見ていた。

いよいよ硬いモノで貫かれることに期待を寄せている人妻の顔だ。

「立ったまま入れますね」

向かい合って立った状態でするなんて考えたこともなかった。

だが本当に余裕がないのだ。

秋人は下から斜め上に向けて、膣穴に慎重に亀頭をあてがうと、そのままグッと押しつけた。

「んんんッ……」

由奈がくぐもった声を放ち、黒髪を振り乱して背をしならせる。

秋人は右手で彼女の腰をつかみ、左手で片脚をすくいながら、ぐいっと下腹部を押しつけた。

それだけで、ペニスがぬるりと襞をかき分けて奥へと嵌まりこんでいく。

「くぅぅ、ヌレヌレだ。すごい」

快楽に酔いしれつつ、ずぶっ、と根元までを埋めこむと、

「あぅぅ……あああぁーっ！」

と、由奈は大きくのけぞり、歓喜の声を放った。

ここは個室トイレだとわかっているのに、声をガマンすることができないよう

だ。だが秋人も興奮しきって、どうでもよくなっていた。

ぐっしょり濡れた襞が気持ちよすぎた。

たまらず、立ったままでごりごりと乱暴に腰を突き出した。

「ああ……いいっ……大きいっ、ああん、もっと突いて、秋人くんッ！」

けっこう激しくしているが、その激しさがお好みらしい。

ならばと、もっと突いた。

ぬちゃ、ぬちゃ、と音が立ち、美熟女の肉粘膜はぴったりとペニスに吸いついてきて、まるで搾り取るように食いしめてくる。

さすが人妻だった。

秋人の首に両手を巻きつけて、体面立位を楽しむかのごとく、キスしたり見つめたりしてきて、濃厚なイチャラブをしかけてくる。

「ああ……由奈さんっ」

可愛い美熟女の魅力にあてられ、秋人は早くも辛抱できなくなってきて、パンパンッと打擲音を鳴らすほどの怒濤のピストンで突き入れた。

「ああっ！　はぁぁぁっ、あん、アアンッ、い、いいわっ！」

腰を叩きつけた振動で由奈は乳房をぶるん、ぶるんと揺らして、何度も顎をせりあげている。

乳房は汗でぬめり、蛍光灯に照らされていやらしく光っている。その乳房にむしゃぶりつきつつ、ピストンを強めると、

「あああんっ、はあああっ。いいのっ、すごい、いいっ！」

見れば由奈の白い首筋に、くっきりと苦悶の筋が浮いていた。

それほどまでに感じてくれている。

うれしかった。

もっと抜き差しを速めて穿つと、熟女の美貌はくしゃくしゃに歪み、眉根を寄せた色っぽい苦悶の表情で見つめてくる。

「もうダメッ、ああ、イキそう……そんなにしたら、イッちゃうぅぅ！」

スリルが興奮を呼んだのか、由奈も限界を訴えてきた。

身体を震えさせながら、また唇を押しつけてきて唾液をすすり合う。

トイレの個室で、こんなに深いキスと深いセックスをしているなんて……さらにグーンと屹立が硬くなり、こちらはもうぎりぎりだ。

「ああ、僕も、僕も出そうですっ」

キスをほどいて、昂ぶりを伝える。

すると、

「あぁんっ、いいわっ……お願いっ、夫を忘れさせてっ」

目尻に涙を浮かべた由奈が、切実な言葉をつむいでしがみついてきた。締まりのいい膣は、絶頂が近いのかひくひくと収縮している。

秋人は勢いをつけて、必死の打ちこみを放った。

そのときだ。

「あああ！　もぅだめっ、ああん、ああん……イッ、イクッ！」

甲高い声で叫びながら、由奈は秋人に強く抱きつき、ピクッ、ビクッと全身を痙攣させた。

アクメに達した膣肉が、たえがたいほど食いしめてくる。

「くぅぅ！」

たえられなかった。

鈴口が熱くたぎり、どくっ、どくっ、と勢いよく精が発射される。

身体の芯が痺れるほどの快感美が走り抜けていく。

（き、気持ちいい……）

最後の一滴まで注ぎ終えてから、秋人は由奈から離れた。

由奈の膣穴から、白く濁った体液が垂れ落ちる。

「す、すみません っ、な、中に出しちゃって……」

慌ててトイレットペーパーを巻き取り、由奈に手渡すと、

「いいの。でも、ちょっとあっちを向いててね」

と、言われて、興奮しながら秋人は反対側の壁を向いた。

衣擦れの音が背後から耳に届く。

由奈が精液を拭き取っているんだろうと想像したら、不謹慎ながら、ちょっとうれしくなってきた。

「もういいわよ」

言われて、秋人は振り向いた。

彼女は汗まみれの顔で、うっすら笑みをこぼして、こちらを見た。

「中に出したのは気にしないでいいわ。ありがとう。私、夫以外の男の人に抱かれたのが久しぶりで……」

「僕のほうこそ……ありがとうございますっ」

トイレットペーパーをトイレに流してから、汗と女の体臭と精の匂いが混じった個室トイレからこっそりと出た。

シアターに向かう途中で、彼女が手を握ってきた。

「頑張ってね、秋人くん。人妻っていろいろあるのよ。隠しておきたかったこともあるし、簡単には別れられないし……その彼女のことはわからないけど、ただ遊びという感じではないような気もする……人妻のカンだけどね」

「はい。ちゃんと話をしてみようと思ってます」

もう少し、梨紗子とは話してみようと思った。

やはり梨紗子は諦めきれない。それを思い出させてくれた由奈には感謝しかなかった。

# 第六章　夜行バス、再出発

## 1

（寒う……）

名古屋駅の北口バスターミナル。

深夜、秋人は新潟に行く夜行バスの出発を、停留所で立って待っていた。

ターミナルにはタクシーが大挙して並び、駅から出てきた人々が次々とそのタクシーに乗りこんでいく。

スマホを取り出して、画面を見る。

午後十一時三十分。

目の前に停車している夜行バスが、エンジンをかけた。

バスの運転手が腕時計を見た。

出発の時間だった。

運転手はドアを閉めようとして、停留所の秋人と目を合わせた。

(乗らないのかい?)

ベテランらしい年配の運転手が、そんな表情を見せた。

秋人はまわりを見た。

梨紗子の姿はどこにもなかった。

(だめか……まあ当然だよな)

ため息をついて、またスマホを見た。

先日のこと。

秋人は梨紗子の家の近くに行き、梨紗子に再び会って、一緒に新潟に行かないかと誘った。

強引だと思ったが、ふたりが出会ったのが夜行バスの中で、しかも共通の幼少期を過ごした場所に一緒に行けば、より親密になれるだろうという打算があったのだ。

彼女は困ったような顔をしていた。

でも、いいとも悪いとも言わないから、こちらで日付を強引に指定して、帰ってきてしまった。

（やっぱ強引だったよなあ……もっと誘い方はあっただろうに）

まあそれだけ切羽つまっていたのである。

「お客さん、そろそろ出ますけど」

運転手がついに見かねたらしく、声をかけてきた。

夜行バスを見れば、窓に数人が乗っているのが見えた。客は少ないようだが、もちろんゼロではないから迷惑がかかる。

「すみません、乗るのは……え？」

そのときだ。

コートの袖を引かれて、秋人は振り向いた。

梨紗子がハアハアと息を切らしていた。

初めて会ったときと同じように、しっかりメイクをして、ピンク色のVネックニットと上品な丈のミニスカートを穿いている。

改めて、彼女の美しさにハッとしてしまう。

「お客さん？」

運転手が急かしてきた。

「あ、は、はい」

返事してから梨紗子を見れば、恥ずかしそうに小さく頷いてくれた。

（い、いいんだ……）

ふたりで夜行バスに乗りこみ、一番後ろの席に並んで座った。

改めて、梨紗子を見た。

ふわっとしたミドルレングスの艶髪。

ぱっちりした目元に、整った鼻筋。

ニットを大きく盛りあげる甘美な胸のふくらみや、肉感的なヒップ。

すべてが好みだった。

「あの……来てくれるとは、思いませんでした」

その言葉に、梨紗子は思いつめたような顔をして、それからふっと相貌を崩した。

「ごめんなさい。いろいろウソをついていて。そのことははっきり言わないといけないと思って、来ることにしたの」

彼女は険しい顔をした。

何か藻掻き苦しんでいるような表情に、このまま抱きしめてしまいたい欲情にかられるが、秋人は彼女からの言葉を待った。

「……彼氏にフラれたと秋人くんに言ったとき、離婚の話が出ていたの」

「え？」

秋人は驚いた。

「夫に別の女がいるとわかって……だから、ひとりで新潟に行ったのよ。いろい ろ気持ちを整理するために」

「そう……だったんですか……なら、どうして……結婚のことも、離婚するって ことも僕に言ってくれればよかったのに。やっぱり遊びだったんですか？」

意地悪く言うと、梨紗子は目尻に涙を浮かべた。

（えっ？　なんで泣くんだ？）

彼女はハンカチを取り出すと、目頭をそっと拭ってから語りはじめた。

「信じてもらえないかもしれないけど、自暴自棄であなたに抱かれたんじゃない わ。最初は会ったばかりで、なんてエッチな人かと思った。最初、実は怒ってた のよ」

彼女はそこまで話してから、息をついて続けた。

「だけど、離婚の話が出て、むしゃくしゃしてて……だから、バスの中でエッチ なことをしたの。夫への当てつけのつもりでね。だけど……あなたとはそれで終わりと思っていたら、ホテルに誘うときのガチガチに緊張した顔がおかしくて」

「ええ？　あのとき……僕、笑われてたの？」

秋人はふくれた。

梨紗子は泣きながら笑った。

「そうよ。すごくかっこつけて……休みませんかって。何その誘い方って噴き出しそうになったのよ。でも悪い人じゃないと思ったし……何より一緒にいるとほっとするし……だから、私、あなただったら抱かれてもいいって思ったの。遊びじゃないの」

「は？　え？　遊びじゃないって……」

バスは高速に乗っていた。

車内の電気を消すとアナウンスがあり、ほどなく車内が薄暗くなる。

静かだった。

エンジンと走行音しかしないので、必然的に身体を寄せ合い、梨紗子は秋人の耳元でささやいた。

「結婚してるって言うと、重いと思ったのはホントよ。離婚するっていうのも、まだ確実な話じゃなかったし」

「だったら、僕がマンションまで会いに行ったときに、離婚のことを言わなかったのは、どうして……？」

秋人が尋ねると、彼女は、秋人にしか聞こえないように小さくため息をついた。

「あのときも、まだこの先がどうなるかわからなかったの。それに、ちゃんとけじめをつけてからでないと返答できないと思ったし。連絡をとらなかったのは、夫にバレそうになったから……離婚の話がこじれるとまずかったの。ごめんね。ちゃんと話すことができるようになったら話そうと思ってた」

「そう、だったんですか……じゃあ今……ここに来てくれたってことは……？」

訊くと梨紗子は小さく頷いて、それからそっと秋人のズボン越しの股間に触れてきた。

それがまるで答えだと言うような、優しげな笑みを見せ、そのまま股間を撫でてきた。

「あっ、え……？　り、梨紗子さん……」

「ウフフ」

耳元で吐息を漏らされるだけで、股間が硬くなってしまう。

「お返しよ。初めてバスの中で会って、秋人くんがしてきたことしてあげる」

梨紗子の手が、いやらしい手つきに変わっていく。

おたおたしていると、梨紗子は寄り添うように身体を密着させてきて、秋人のベルトに手をかけた。

手際よく外し、さらにジーッと音を立ててファスナーを引き下ろす。

(えっ……あっ！)

何をするのかと思ったら、梨紗子は持っていたブランケットを秋人の股間にかけて、それを隠してしまった。

驚く間もなく、ブランケットの中でガチガチになった勃起に、梨紗子の温かな指が巻きついた。

「くううっ」

思わず声を漏らすと、梨紗子は恥ずかしそうに顔を真っ赤にさせ、

「だめよ、声を出しちゃ」

と、耳元で甘くささやいてくる。

通路を挟んだ向こうを見た。

若い男とおばさんが、ぐっすりと寝ている。

そのすぐ横で、自分は性器を握ってもらっている。

（ああ、まさか梨紗子さんも、こんなことしてくるなんて）

興奮した。

昂ぶった。

「あん、ビクビクしてる」

梨紗子はすっと顔をうつむかせ、長い睫毛を瞬かせながら、右手でゆるゆるとシゴいてくる。

「んん……」

ジンとした痺れにも似た快感が腰から全身に広がって、もう何も考えられなくなった。

頭の中が真っ白だ。

梨紗子の手はおずおずといった感じで動いていたが、次第に大胆に、根元からカリ首まで全体をシコってきた。

「んっ、くぅ……」

くすぐったさに似たムズムズがペニスを熱くさせていく。たまらなくなって秋人はハアハアと喘ぎをこぼし、シートをギュッとつかんだ。

「やばい。こ、声、ガマンできない」

涙目で言うと、

「ウフフ、可愛いこと言うのね」

と、梨紗子の唇が重なり、秋人は目を見開いた。

「ん……」

唇の柔らかな感触と、甘い呼気に身体が震えた。

(ああ、梨紗子さん、いつになく積極的だ……)

屹立をシゴく手の動きが、さらに大きくなった。皮が引きのばされたり、くちゃくちゃに縮まったりしている。

「くううう……」

思わず声が漏れる。

とろけるような愉悦が、ひとこすりごとに甘くこみあがる。

(美人にキスされて、バスの中で手コキされて、チ×ポがとろけそう……)

にちゃ、という音がする。

ブランケットを被せた下で鈴口からガマン汁が出てきていた。

「梨紗子さんっ……手が汚れちゃうよ」

だが彼女の表情を見ても、笑みを浮かべていて、自分の汚い汁で手が汚れていても気にならないようだ。

それどころか、勃起の全体にガマン汁が塗り伸ばされて、指の動きが滑らかになっていく。

「く……うっ……ッ」

声が漏れそうになり、秋人は唇を噛みしめる。

「気持ちいいのね。オチン×ンがビクビクしてるわ」

こすられながら、彼女のかすれた色っぽい声が耳奥をくすぐってくる。

（ううう……）

勃起の芯が熱くたぎり、気持ちよすぎて腰が動く。

「ううう、だめっ、もう……」

ハアハアと荒い息をしつつ、会陰がひりつくほどの痺れが全身を駆け巡り、爪先が痛いほど突っ張ってきた。

## 2

夜行バスの中はみな寝ているのか、薄暗い中で静まりかえっている。

聞こえるのはエンジン音と走行音だ。

特に一番後部の座席にいるので、タイヤの回転する音がけっこう大きく耳に届く。

「私も……いじって……あのときのように……」

手コキで興奮したのか、梨紗子がそんなことを言い出した。

（い、いいのか、いいんだな……）

初めて彼女と会ったときの、あの刺激的なイタズラの再現だ。

ブランケットの中で、勃起が激しくびくついた。

「あんっ……」

その脈動が、シゴく手に伝わったのだろう。

梨紗子が恥じらい声をあげて、キスをしてくる。

（くうう、恋人みたいなイチャラブしてる……そうだっ……）

あのときの再現もいいが、だが……今はもっと梨紗子に恥ずかしい思いをさせて、昴ぶらせてみたいという欲求が募ってきた。

「僕じゃなくて、梨紗子さんがシテみてください」

思いきって言った。

「……？　私がシテみせてって……あっ」

さすがに清楚で可憐でも、三十歳の人妻だ。

すぐに何をさせたいのかわかったらしく、梨紗子が暗がりでも眉をひそめたのがわかった。

「ウ、ウソでしょう……こんなところで……」

「本気ですっ。みんな寝てるから大丈夫です。僕の指じゃなくて、自分の指で感じてみて……」

熱意を押して伝えるも、梨紗子は戸惑っている。

まあそうだろう。

夜行バスの中でエッチな手指のイタズラをしているだけでも羞恥なのに、オナニーをしろと言われているのである。

(今まで、バスの中でもいろいろエッチなことしてきたけど、もしやってくれたら最上級に興奮しちゃうよ)

梨紗子と通じたと思った今、彼女に恥ずかしい思いをさせて、今までになく興奮させてみたかった。

おそらく、梨紗子は清楚で恥ずかしがり屋ではあるが、秘めたる淫乱で放蕩(ほうとう)な性癖があるのだと思う。

そうでなければ、初対面で、

《指でいじっていいよ》

など、言うわけがない。

梨紗子は今にも泣きそうな顔をして秋人を見て、それからきょろきょろした。

通路を挟んだ反対側の席の乗客は、ぐっすりと寝ている。

だけど、寝ているとはいえ、その乗客の前でひとりエッチするのだ。恥ずかしいに決まっている。

でも、させたかった。

「あ、脚を開いてください……」

秋人が真顔で言う。

梨紗子はしばらく逡巡していたのち、顔をそむけながらも、おずおずと膝を開きはじめた。

（おおおっ！　きたっ……夜行バスの中でこんな美しい人が自慰行為を……）

ドクッ、ドクッ、と心臓が脈を打った。

唾を飲みこみ、秋人は梨紗子を食い入るように見る。

梨紗子はこちらをチラッと見てから、スカートの中に手を入れた。

スカートがズレて、ナチュラルカラーのストッキングに包まれたベージュのパンティがちらりと覗けてしまう。

こちらを見ている彼女の美貌が、

「ホントにするの？」

と、戸惑っている。

秋人が小さく頷くと、梨紗子は大きなため息をついてから、両手をスカートの中に入れて軽く腰を浮かせた。

パンティストッキングと白いパンティが脱がされていく。

そして梨紗子は下着を足首まで下ろすと爪先から抜き取り、くしゃくしゃに丸めたまま持ってきた鞄（かばん）に押しこんだ。

（今……梨紗子さんはノーパン……っ）

バスの中で、美人妻が自分から下着を脱いだということに、秋人は興奮を覚える。

そして梨紗子は、

「うう……」

と、呻きつつ、うつむきながら、そっとスカートをまくりあげた。

薄暗いからはっきりとは見えないが、陰毛とスジはぼんやりと見える。

スカートを押さえている手が可哀想なくらい震えている。

顔も赤らんでいるようだ。

しばらくためらっていた梨紗子だが、唇を噛みしめると、震える右手をみずから の股間に伸ばしていく。

細い指が、彼女のスリットに触れた。

小さく、ぬちゃ、という湿った音が秋人の耳に届いて驚いた。

(ぬ、濡れてる……)

「くっ……」

その音が恥ずかしかったのか、梨紗子は唇を噛みしめたまま、手をとめて顔を 思いきり横に向けた。

「つ、続けてくださいっ」

ささやくと、彼女は顔をそむけつつも、中指を自分の狭いとば口にゆっくりと 嵌めこんでいく。

「あンッ……」

かすかな喘ぎを漏らし、梨紗子は指で陰裂を上下にこする。

夜中のバスの中、みなが寝ている中で、クチュ、クチュ、という水音が隣に座る秋人の耳に届く。

「い、いやらしい音ですね」

「ああん、いやっ……言わないで」

と、泣き言を漏らしても、彼女は淫らな指の動きをやめなかった。

もうこの異常な行為に昂ぶってしまったのか、先ほどのように手をとめようとはせずに、むしろ指の動きはリズミカルになっていく。

「んっ、ンンンッ……だめっ、だめなのに……」

彼女のせつない声が耳に届く。

「あっ、あっ……」

と、半開きになった口唇から、うわずった声が漏れている。

(ああ、エッチすぎるっ……梨紗子さんのオナニーシーンだ……)

淫らな指の遊び方が、普段もひとりでしているのだろう、といやらしい妄想を誘ってくる。

「き、気持ちいいですか?」

訊くと、梨紗子はハッとしたような顔をして顔を横にふる。

しかし、うっすら見える暗がりの中でも、彼女の瞳がとろんとして、目の下にねっとりと赤みをたたえているのがわかる。

美貌の人妻の自慰は、これほど淫らなものなのかと、初めての経験で心臓が早鐘を打ちっぱなしだ

見ていると、梨紗子はエスカレートしてきており、中指と薬指の二本で、アヌスから女肉へと続く会陰を愛撫し、陰唇を上下に撫でつけていた。

「お願いっ、もう見ないで……ンッ」

梨紗子はハアハアとわずかに息を切らせ、恥ずかしそうに何度も首を振る。だがその羞恥が、身体の感度を高めているようだ。

「ンッ……ああん……」

甘ったるい声と、ちゃっ、ちゃっ、という濡れた音が大きくなっていく。次第に乱れていく梨紗子の様子に、秋人も目が離せなくなってきた。

「ああ、もっと……今度は指を入れてみてください」

梨紗子はちらりとこちらを見てから、中指と人差し指で膣の入り口を探る。

「あっ……入っちゃう……はぅぅぅ！」

と、刺激的な言葉を吐きつつ、ぐっと指を挿入させる。

「あンッ」

甘い声が響き、ビクッと梨紗子の全身が震えた。

（まずい）

慌ててバスの中を見渡すが、こちらを見ている者はいないようだ。

「大丈夫ですっ、続けてください」

梨紗子の耳元でこっそりささやくと、停止していた指が再び動き出して、ぬちゅ、ぬちゅ、と蜜の音を立てつつ、何度も出し入れする。

「あっ……あっ……」

ガマンできないとばかりに、梨紗子の顎があがりはじめた。

（す、すごいな……）

梨紗子の指の動きが速くなり、空いた手がニットの上から自分のふくよかな乳房をいじくっていた。

秋人はブランケットの下で勃起をこする。

そうしないと暴発しそうなほど、秋人も昂ぶっていた。

「あん、ああん……」

次第に梨紗子の声が大きくなり、指の動きが加速していく。

「ああ……ねえ、だめっ……ああんっ、ねえ……」

梨紗子が涙目で見つめてきた。

イキそうなのだろう。

「イッ、イッていいですよ」

秋人が言うと、彼女は首を横に振りつつも、

「ンッ、ンッ……」

と、空いたほうの手で口を塞ぎながら、指の動きをさらに速めていく。

そのときだ。

「ンンッ！」

梨紗子がつらそうに呻いて、ほっそりした顎を急にそらした。

次の瞬間、梨紗子の全身がビクッ、ビクッと大きく痙攣し、やがて秋人の右手にギュッとしがみついてきた。

（イッたんだ……バスの中でオナニーして……）

こちらも限界だった。

「ぐううっ」

たまらず、被せてあったブランケットに射精してしまった。

（あ、あとでパーキングに停まったら、洗わないとな……）

射精したあとだから、いたたまれない気持ちがふくらんでいく。

梨紗子が顔をあげてきた。

ドキドキしつつも、

「イキ顔、可愛かったです」

生意気にそんなことを言うと、ギュッと腕をつねられた。

「ひどいわ。バスの中で、こんなこと……いつも私のことといじめるのね」

「そ、それは……梨紗子さんが可愛い……ンッ」

言い訳しようとしたその口を、梨紗子の唇が塞いでくるのだった。

3

夕食から戻ると、部屋にはすでに布団が二組敷かれていた。

新潟のあまり有名でもなさそうな小さな旅館だが、居心地は悪くなくて、食事も予想以上に美味しかった。

なっていた。

（よ、ようやく……）

秋人は期待に胸をふくらませる。

というのも、バスの中で射精してからも、早く梨紗子を抱きたくてたまらなくなっていた。

浴衣姿の梨紗子と手をつなぐ。

彼女は恥ずかしそうにしながらも、小さく頷いてくれた。

灯りを消すと、外から淡い月の光が差しこんだ。

これなら梨紗子の表情や身体のすみずみまで、しっかりと見ることができるだろう。夜行バスの中は暗くてあまり見えなかったのだ。

その月明かりを浴びた梨紗子の横顔は、改めて見てもため息が出るほどに美しかった。

一度は身体を交わしたというのに、心がときめいてしまっている。

梨紗子は恥ずかしそうにしながらも浴衣を脱ぎ、白い下着姿になって、そそくさと布団の中に潜りこんだ。

秋人も浴衣を脱ぎ、パンツを下ろす。

すでにイチモツは硬く漲っている。

当然だった。

早く抱きたいと、夕食も楽しく会話しつつも、正直に言うと気もそぞろだったのだ。

秋人は全裸になり、布団に潜りこんだ。

すでに彼女は布団の中でブラジャーを外し、パンティを下ろしていた。

つまり一糸まとわぬ姿で横たわっている。

秋人は全裸の彼女を抱きしめた。

（くうう、す、すべすべだ……それに柔らかいっ……）

手のひらで梨紗子の背や、腰や生身のヒップを撫でまわした。

丸みのあるふくよかなバストと、細くくびれた腰から蜂のように急激にふくらんでいる臀部と太ももは、官能美にムンムンとあふれている。

悩ましいまでのヒップラインや、むっちりした肉づきのよさは、三十歳の女盛りを謳歌する素晴らしいプロポーションだった。

秋人は夢中になって触りまくり、しっとりした素肌に自分の肌をこすり合わせていく。

「あん、もう？」

梨紗子が顔を赤らめて睨んでくる。

勃起が下腹部を叩いたのだ。

「だって、キレイだから……もう離したくないんですっ」

秋人は思いの丈を打ち明けてから、仰向けになった梨紗子の耳の下から鎖骨、そうして乳房や腋の下へと、全身を舐めた。

「あっ……あっ……」

梨紗子は気持ちよさそうに顎をせり出し、腰を妖しげに揺らしはじめる。

汗ばんだ肌からムンとした甘い女の匂いが立ちこめている。

布団の中に充満する、噎せるような女の肌の匂いで鼻孔を満たしながら、そのまま真下へと舌をすべらせて、ふっさりとした茂みに唇を寄せていく。

「ああんっ、だめっ……」

女の恥ずかしい部分に顔を近づけると、梨紗子は身をくねらせて、太ももを閉じ合わせる。

それを手でこじあけて、片方の足をぐいっと持ちあげた。

大きく開かされた肉ビラからは赤い果肉が覗き、ぬらぬらと蜂蜜をまぶしたように妖しくぬかるんでいる。

「梨紗子さんだって。もう濡らしてるじゃないですか」

煽ると、彼女はいやいやと首を振る。

（か、可愛いっ……たまらないっ……）

初めてのときは、梨紗子のおま×こを見ただけで猛烈に興奮して、クンニもせずにいきなり挿入してしまった。

だが、今は……。

玲子からは、女のノウハウを学び、穂乃花と再会してわだかまりのあった女性不信の部分を解消できた。

由奈と出会い、人妻であっても臆せずにぶつかっていけと勇気をもらった。

そのおかげでこうして、梨紗子と向き合えている。

自分が気持ちよくなるより、梨紗子を気持ちよくさせたいと思う自分がいる。

（せ、成長したな……あの夜行バスで隣り合ったときより、確実に成長しているはずだ）

あのとき、勇気を出してよかった。

声をかけてよかった。

そんなことを振り返りつつ、梨紗子の濡れそぼる秘部に顔を寄せていく。

鼻につくような濃密な香りを嗅ぎながら、秋人はワレ目をぬるっと舐めると、

「あっ……！」

梨紗子は声をあげ、ビクンッと震えた。

その反応が可愛らしく、秋人は片足を開かせたまま、梨紗子の潤んだ陰唇に、じっくりと舌を這わせていく。

「……ぁああ……ぅう」

梨紗子は気持ちよさそうな声を漏らし、甘い匂いをさせながら細腰を淫らにくねらせる。

その表情が見たい。

秋人はクンニしながら、布団をずらした。

見れば、乳首を尖らせたおっぱいが揺れ弾み、清楚な美貌が喜悦に歪みきっている。

もっとだ。

もっと感じさせたいと、ねろり、ねろりと花びらを舐めれば、膣奥からはまた新たな分泌液が、こぷっ、と垂れこぼれ、獣じみた匂いがツンとくる。

恥辱のM字開脚をさせられている梨紗子は、恥ずかしそうに顔をそむけ、ハア

ハアと荒い息をこぼしている。

「ああんっ、だめっ……だめっ……」

たえられない、とばかりに梨紗子が栗髪を振った。

じっとり汗ばんだ乳房が、たゆん、たゆん、と揺れ弾む。もう見てわかるほどに、乳首が屹立しっぱなしだ。

(すごいぞ。僕はこれほどの美人を感じさせているんだ……)

秋人は鼻息荒く、梨紗子の中に指を差し入れた。

「あぅぅ！」

いきなりの指の挿入を受けて、梨紗子が背をのけぞらせた。

根元まで深々と指を入れて、奥をかき混ぜながら、同時に上方の小さな豆を指で剝き、中身のクリを舌でつつく。

「ぁああ……そ、そこ……ああんっ、だめっ……あっ、あっ……」

だめと言いつつも、膣内の媚肉はキュッと指先を包み、粘膜がべっとりとまとわりついてくる。

「ここが感じるんですね」

この膣肉の締め方は、かなり感じている証拠だ。

間違いない。

秋人は指を激しく出し入れさせながら、小さな真珠のようなクリを咥えて、ちゅうぅぅぅ、と吸い立てる。

「くぅぅぅ！　い、いやぁぁぁ、あああっ……」

梨紗子のそりかえりがキツくなり、腰がぶるぶると震えた。

「だ、だめっ……それだめっ……あああっ、ああっ……ねえ、ねえ……秋人くん」

梨紗子は横臥したまま、上気した顔を向けてくる。

「秋人くん」と名を呼んでくれたことが、何よりうれしい。

4

「……ねえ……あのね、イキそうなの……でも、イクなら、秋人くんとひとつになってイキたいの……」

瞳を潤ませながら、梨紗子が目を向けてきた。

「梨紗子さんっ……」

真っ直ぐに見つめ返してから、ギュッと抱きしめる。

首に手をまわしてきた梨紗子が、ウフフと笑って秋人の唇に、自分の柔らかな唇を重ねてくる。

「んう、んんんぅ……」

鼻奥で悶えつつ、ふたりとも舌をからませ、激しい口づけをはじめる。

夢中になって舌で梨紗子の口中をまさぐった。

梨紗子の舌も、歯茎をなぞってくる。

「むぅぅ……あぁっ……」

息苦しくなったのだろう、唇が離れた。

唾液の糸がからまり、口元がねっとりした唾で濡れてしまう。

しかし、そんなことはかまわずに再びキスをする。

やはりキスはいい。

愛情がこもっているならばなおさらだ。

意識がとろけて、もう梨紗子のことしか見えなくなる。

口づけをほどく。

梨紗子は身体の力を抜いて布団に横たわった。

恥ずかしそうに顔をそむけている。

しかし、そのぼうっとした双眸がやけに色っぽい。

梨紗子の両脚を広げさせた。

恥ずかしいM次開脚をさせて、いきり勃ちを右手でつかみ、濡れそぼる媚肉に押し当てると、膣穴に嵌まるような感触があった。

一気に腰を入れる。

もうあの頃の戸惑いはなく、スムーズだ。

「ぁああっ!」

梨紗子が叫んで、背をしならせた。

つらそうにギュッと目を閉じて、眉間にシワを寄せた苦悶の表情で、ハアッ、ハアッと喘いでいる。

「う、く……」

ペニスを突き立てた秋人も、歯を食いしばらなければならなかった。

梨紗子の膣がギュッとしてきたのだ。

(うああ……梨紗子さんの中、ギュッ、ギュッ、と包みこんできて……狭いっ、それに……ああ……あったかい……)

ぬくもりと愛情を感じた。

もういっときも離れたくない。
くびれた腰を持って、早くも腰を振れば、
「う、くぅぅぅぅ！　あっ、だ、だめっ！　いやっ、いやぁぁ……」
梨紗子は困惑した声をあげて、腰をくねらせた。
だめだと言いつつも、梨紗子はシーツを握りしめて、
「あは……っ、うっ……はあんっ……んんっ……」
と、目を閉じたまま、高い声をひっきりなしに漏らしている。
愛おしかった。
気持ちよくさせたいと思うのに、だめだった。
激しく腰をぶつけてしまう。
（くうう、梨紗子さんの中って、気持ちよすぎるっ）
比較してはだめだと思うのだが……。
やはり、他の女性より興奮する。
好きだった。
梨紗子が好きだった。
秋人は夢中になり、目の前で揺れる乳房を本能的に口でとらえ、先端を

チューッと吸い、舌でねろねろと舐めあげる。

「ああっ、ああっ、あああああっ……」

押し入ってくる男根の圧迫が苦しいのか、梨紗子は時折「くっ」と唇を噛みしめ、ギュッと目を閉じている。

だめだ。気持ちよくさせられない。

どうにもならない。

「ああ、梨紗子さんっ……」

パンパンッと肉の打擲音が響きわたるほど連打を繰り返す。

女の中から、しとどに蜜があふれて、獣じみた発情の匂いが増していく。

疲れても腰を動かすのをやめられない。

突き入れるたび梨紗子の肉襞がうねうねとからまり、痛烈な甘い刺激が秋人の中で渦巻いている。

「くうう、だ、だめですっ、ごめんなさい。気持ちよすぎてっ」

激しくしながら梨紗子に目を向ける。

彼女は苦しげな顔をしつつも、

「ああんっ、いいよっ、秋人くんの好きにして。私、そのほうがうれしいの」

涙で濡れた目で見つめ返してきた。

抱きしめたくなって、梨紗子の腰と背中を持って、仰向けだった彼女をぐいっと起きあがらせる。

「え……ちょっと、あんっ！」

結合を外さないようにしながらも、足を投げ出し、胡座（あぐら）の上に梨紗子を跨（また）がらせた。

自分の上に乗せて、下から突く格好だ。

体面座位という体位のはず。

「ううんっ……だめっ……上になるなんて、あんっ、恥ずかしいっ」

そう言いつつ、梨紗子の双眸は妖艶に濡れきっている。

秋人は唇を突き出した。梨紗子が応えてきて口づけをしてくる。

そのまま下からぐいぐいと腰を突いた。

「ンンンッ……」

キスしたまま、梨紗子がくぐもった悲鳴を漏らした。

「あんっ、深いっ、だめっ……奥まで届いてっ、ああんっ……」

下から突きあげると、口づけするのもつらいようで、彼女はキスをほどいてよがり泣いた。

だが、なすがままではない。

彼女は秋人の肩に手を乗せて、みずから腰を前後に、くいっ、くいっ、と動かしてくる。

「り、梨紗子さんっ……」

「ああっ、ああん、あんっ、ああんっ……見ないでっ、恥ずかしいっ、動くのっ、動いちゃうのっ」

「見ますよ。じっくり見ますよ。梨紗子さんっ。もっと動いてください。もっと感じた顔を見せて……僕だけの梨紗子さんになって……」

深いところまで届かせるように腰を上げた。

そうしていると、彼女はついに、

「ああんっ、いいわっ、あなたの、あなたのものにしてっ」

梨紗子は媚びた目をして、激しい口づけを求めてくる。

(ああ……ついに言わせた……言わせたぞっ)

うれしかった。

ぐいぐいと腰を使う。

それに呼応するように、梨紗子も入り口をぐいぐいと締めつけてくる。

それでも一心不乱に突いた。

突いて、突いて、突きまくった。

「ああんっ、いい、いいわ。わ、私……やだっ、また、またイキそうなの……くうう、こんな、こんなの……」

梨紗子がつらそうな表情をする。

イッてもいい？　と問いかけるような表情に、

「いいですよ、イッて……ああ、こっちも出そうですっ」

「あんっ、いいよ。出して……いっぱい出してッ……一緒にっ、ああんっ」

梨紗子の表情が、いよいよ切迫してきた。

その美貌を見つめて腰を使ううち、こちらも尿道が熱くただれてきた。

それでも、歯を食いしばって打ちこむと、

「あ……あっ……イクッ……ああんっ……私、またイクッ、イッちゃううう！」

体面座位のまま、梨紗子が大きくのけぞり返った。

ギュッと膣がしぼられる。

もう限界だった。

「ああっ、で、出ます、出るッ……」

性器の先が熱くなり、一気に梨紗子の奥に欲望を叩きこんでいく。

「くうううっ」

脳天が溶けてしまうほど、気持ちよい射精だった。

まさか夜行バスで、偶然隣り合っただけの天使のような美しい女性と、こんなことになるなんて……。

あのときは、ちょっとしたイタズラ心からだった。

それでも行動に移した自分を、今さら褒めてやりたいと心の底から秋人は思うのだった。

〈了〉

＊この作品は、イースト・プレス悦文庫のために書き下ろされました。

＊この物語は、フィクションです。同一名称の固有名詞等があった場合でも、実在する人物や団体とは一切関係ありません。

イースト・プレス
悦文庫

# ときめき夜行バス

桜井真琴（さくらい まこと）

２０２２年３月22日　第１刷発行

企　画　松村由貴（大航海）

発行人　永田和泉
発行所　株式会社　イースト・プレス
〒１０１－００５１
東京都千代田区神田神保町２－４－７久月神田ビル
電　話　０３－５２１３－４７００
ＦＡＸ　０３－５２１３－４７０１
https://www.eastpress.co.jp

印刷製本　中央精版印刷株式会社
ブックデザイン　後田泰輔（desmo）


ISBN978-4-7816-2057-2 C0193